持續狩獵史萊姆三百年，
知不覺就練到 LV MAX 14

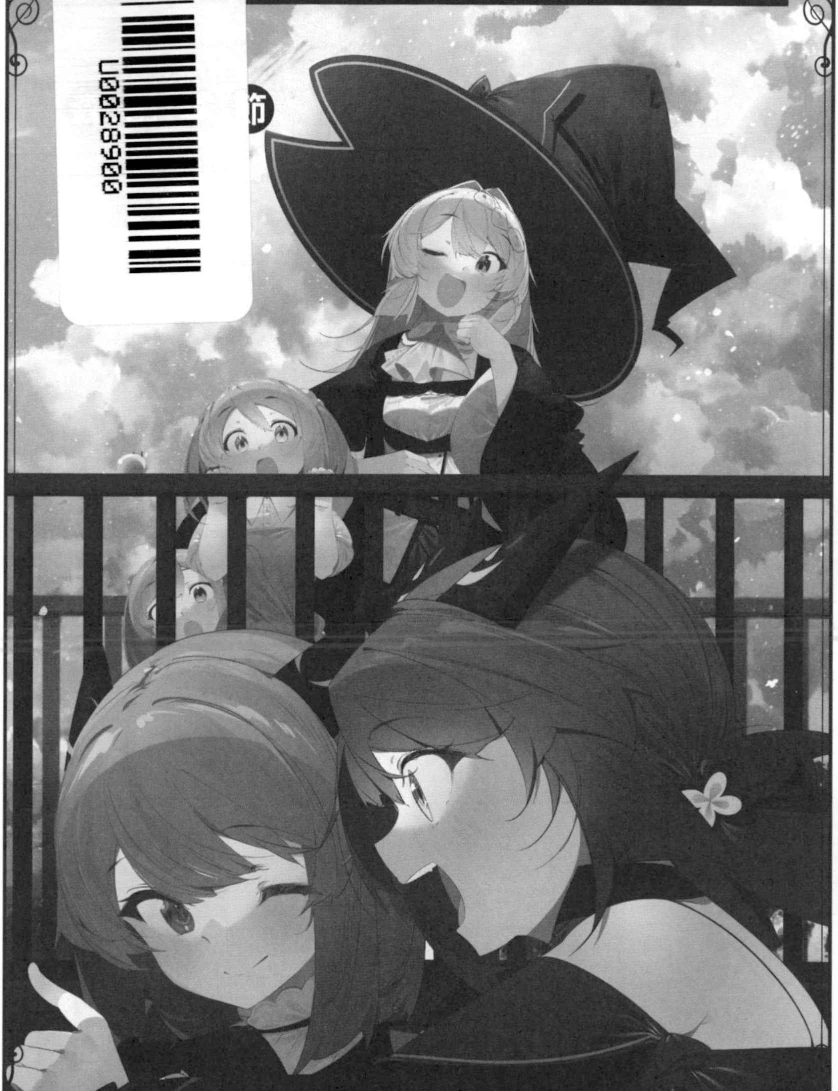

亞梓莎・埃札瓦（相澤梓）

本作的女主角，以「高原魔女」的稱號廣為人知。是個轉生成長生不老的魔女，外貌永遠維持17歲的女孩子（？）。雖說在不知不覺間成為世界最強，導致她遭遇許多麻煩事，卻也因此擁有多位家人，從此過上幸福的生活。

恆心就是力量，
我就只是持之以恆罷了！

小女子名為別西卜！
是魔族之國的農業大臣!!

別西卜

被稱為蒼蠅王的高等魔族，是魔族的農業大臣。將法露法和夏露夏視為自己的姪女般十分疼愛，經常往來於魔界與高原之家兩地。對亞梓莎來說是個可靠的「大姊姊」。

持續狩獵史萊姆三百年，
不知不覺就練到LV MAX
14
Morita Kisetsu 森田季節 illust. 紅緒
She continued destroy slime for 300 years
©Benio

「師父大人～
不知為何我胸口特別緊，
釦子扣不起來耶＞＜」
©Bento

妳是在
炫耀嗎!?

史萊姆妖精（姊姊）
法露法

史萊姆妖精（妹妹）
夏露夏
曼德拉草少女
桑朵菈
©Benio

好乖好乖，就讓亞梓莎姊姊來保護妳喔～
iiko iiko
(乖喔乖喔)
yoshi yoshi
(不怕不怕)
亞梓莎大人～……

我覺得……好害怕……
©Benio

Contents

Story by Morita Kisetsu Illustration by Benio

She continued destroy slime for 300 years

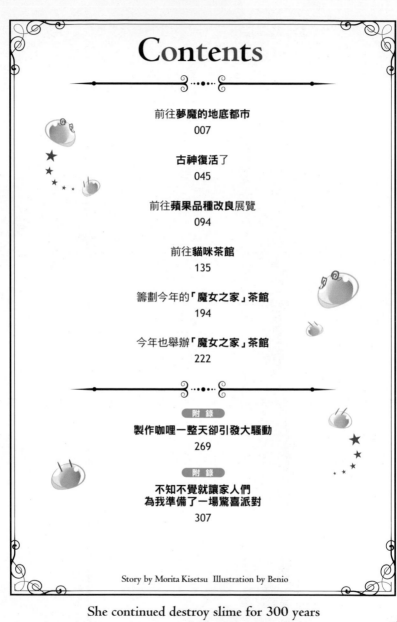

法露法＆夏露夏

由史萊姆的靈魂凝聚而成的妖精姊妹。姊姊法露法是個性情坦率且不做作的女孩子。妹妹夏露夏則是心思細膩又善解人意的女孩子。她們都最喜歡自己的母親亞梓莎。

媽咪～媽咪～！最喜歡媽咪了！
……即使身體再重，也要讓心情保持輕鬆。

亞梓莎大人，我今天也會全神貫注努力精進的！
芙拉托緹會比萊卡更努力的！

萊卡＆芙拉托緹

住於高原之家的紅龍少女&藍龍少女。被亞梓莎收為徒弟的萊卡是個努力向上的好女孩。服從亞梓莎的芙拉托緹是個精力旺盛的女孩子。由於兩人皆為龍族，因此經常互相競爭。

哈爾卡拉

拜亞梓莎為師的女精靈。儘管活用自己對香菇的知識成立了公司，是個不折不扣的社長大人，但在高原之家裡經常「搞砸事情」，是家中的小天兵。

那麼，今天要吃什麼才好呢♪

羅莎莉

住在高原之家的幽靈少女。對於不會害怕身為幽靈的自己，甚至願意伸出援手的亞梓莎敬愛有加。可以穿牆且無法觸摸人類，另外能附身在活人身上。

我會永遠追隨大姊的！

我就只是生長在院子裡而已！吼吼～！

桑朵菈

因培育了三百年而擁有自我意識且能夠自主行動的曼德拉草少女。是一株不折不扣的植物，住在高原之家的家庭菜園裡。儘管喜歡逞強又愛面子，卻有著怕寂寞的一面。

佩克菈（普羅瓦托·佩克菈·埃莉耶思）

魔族的國王，是個喜歡濫用自身職權和影響力捉弄亞梓莎與身邊部下，性情宛如小惡魔的女孩子。其實有著「想服從比自己更強之人」的受虐狂特質，對亞梓莎深愛到無法自拔。

酷酷的魔女姊姊大人簡直是棒透了～

梅嘉梅加神

讓亞梓莎轉生至這個世界的始作俑者。是個性情開朗溫和卻行事馬虎迷糊，足以象徵此世界民情的女神。十分寵愛女性，面對女性時往往會特別寬容。

希望能請亞梓莎小姐來幫忙呢～

小娃娃！是想讓我也把妳變成青蛙嗎？

仁丹女神

自古以來就受人景仰的女神，總愛擺出高高在上的態度，最令人傷腦筋的地方是一旦看人不爽就想立刻把對方變成青蛙，但在敗給人類（突破等級上限的亞梓莎）以後有稍微收斂點。

奧托安黛

這個世界的死神。平常只會完成身為死神最低限度的分內工作，興趣是寫作，一直在撰寫小說並持續投稿至出版社。由於奧托安黛本就不善交際，為此擔心的仁丹女神便邀請亞梓莎和梅嘉梅加神與奧托安黛共進下午茶，後來有順利打成一片。

……那敝人先告辭了。

穆穆・穆穆

簡稱小穆，身為惡靈之國「死者王國」的國王，也是早已毀滅的古代文明之王。對於缺乏幽默感的子民們（惡靈）感到失望而足不出戶，在與亞梓莎和羅莎莉接觸之後終於重返社會（？）。有著喜歡順勢吐槽的關西人個性。

只要夠有趣就行，有趣的人才是世界最強。

陛下您真是畏畏縮縮，這樣可是有失王者風範喔。

娜娜・娜娜

身為「死者王國」的女僕長兼惡靈大臣。以隨從之姿照顧穆的生活起居。儘管工作認真又優秀，不過說起話來卻很毒舌，有著喜歡捉弄人的麻煩個性。一旦發現穆跟亞梓莎排斥的事情或弱點，就會千方百計地捉弄兩人。

蜜絲姜媞

松樹妖精，雖然從前被視為能幫人締結良緣的存在而受到供奉，不過近來風俗改變，令她對信徒逐漸減少一事感到焦慮，在結識亞梓莎等人之後，於弗拉塔村建了一座神殿（分殿）。

我有準備各種結婚用的禮包喔！

前往夢魔的地底都市

She continued destroy slime for 300 years

這天的天氣從一早就不太好。

烏雲密布且雷聲隆隆。

「哈爾卡拉，芙拉托緹今天沒辦法載妳飛去公司，因為難保不會被落雷擊中。」

當我們在享用早餐時，芙拉托緹望向窗外如此說著。

畢竟化成龍形之後的體型十分巨大，恐怕很容易被雷打中吧。

「即使能從雲層上面飛過去，不過這片雷雲離納斯庫堤鎮太近，在穿過雲層降落的期間還是很危險。」

「唉～說得也是，就算芙拉托緹小姐是龍族，被雷擊中還是會一命嗚呼嘛。」

「喂，哈爾卡拉，妳可別小看人喔，本小姐並沒有軟弱到挨一發落雷就會翹辮子，人家有時一天挨五次落雷也不要緊喔。」

瞧萊卡露出一個傻眼的表情，看來即便是龍族，一般也不會在這種天氣出去亂飛……

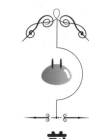

「話說要是本小姐被雷擊中，被載的哈爾卡拉妳八成會死翹翹，人家可不想有誰死在自己的背上。」

「唔……這樣倒是挺可怕的，我還是乖乖走路去上班吧……」

嗯，這就對了。

真要說來，我覺得直到雷雲離去前都先待在家比較好。

我也扭頭看向窗外的天空。

「這片高原的天氣平時都很穩定，難得會像今天這樣一直打雷。」

偶爾能看見遠處出現閃電。

「的確南堤爾州在這個季節裡鮮少會變天，像我就完全沒印象洛可火山有過這種壞天氣。」

「既然萊卡也這麼說就錯不了。儘管有時氣溫是滿冷的，但除此之外都天氣宜人。」

畢竟在我轉生成魔女時，好歹是梅嘉梅加神介紹我來這裡定居，所以豈有可能不適合人居住。

「唔、大姊，我有股不祥的預感。」

輕輕飄於天花板附近的羅莎莉——

她有一部分的頭髮像是沒睡好似地翹了起來！

「大姊，我擔心這是即將發生壞事的前兆。」

「羅莎莉，妳的頭髮可以偵測不正常的魔力是嗎……？」

像這樣再看一次，感覺羅莎莉的頭髮就跟天線沒兩樣……

「或許附近出現了某種可怕的存在。因為我不記得自己有碰過這種情況，所以恐怕是史上頭一遭喔。」

「咦～？這聽起來莫名像是刻意穿鑿附會……畢竟當初我們前往小穆她家時，妳並沒有出現這種反應吧。」

若以幽靈的力量來說，小穆理應非常強大才對。

另外雖然沒有見識過娜娜．娜娜小姐的實力，不過我相信她肯定也很有一套。

「更何況我們都已見過魔王跟神明，實在不太可能出現比她們還厲害的存在吧。」

「也對，可是倘若真被我說中的話，就表示此存在比她們都更逆天也說不定……」

「不可能不可能，這種話未免也太誇大了吧～」

可是，羅莎莉的預感應驗了。

當漆黑的雷雲逐漸散去，天氣逐漸轉晴之際——

我發現窗外有東西正朝著這邊飛過來。

那應該是飛龍吧，依我的觀察似乎會降落在高原之家附近。

不久後，法托菈走進屋內。

「很抱歉一早前來打擾，但有事想請亞梓莎小姐您跟我走一趟。」

法托菈一如往常表現得彬彬有禮，可是她說話的語調聽起來好像有些焦急。

「順帶一提，之後會以演講費的形式支付報酬給您。」

「這種情報沒必要現在說吧！比起這個，妳至少先拿出我為何非去不可的理由啦！」

「因為理由還不明確，希望只是白操心一場……」

語畢，法托菈才稍微放鬆下來。難得看見她露出這麼緊張的樣子。

於是我泡了杯茶請她喝。反正眼下情況並非緊迫到分秒必爭的程度。

所有家人自然而然地聚集過來，就連原本位在庭院的桑朵菈也進入屋內。

「其實仙女木族的賢者蜜優蜜優協抵瑜小姐在不久前去拜訪聰明史萊姆，並且進行共同研究。」

「啊～是『世界三大難以一睹尊榮的賢者』之一的蜜優呀。」

仙女木族的蜜優住在名為『無法接近之島』的地方，該處一如其名因為洋流的關係難以接近，雖然她給人的感覺很像是哪來的辣妹，但其實十分聰明。

「在離開那座島時倒是非常簡單，順著洋流便會自動被沖出外海。」

「正如亞梓莎大人您所言，她表示自己就只是搭乘一艘小船，便能輕而易舉地抵達大陸的港口，再從那裡搭乘飛龍前往范澤爾德城。」

我腦中不禁浮現出聰史與蜜優從早討論到晚的畫面。

「真高興聽史結識到能與它切磋交流的朋友呢。」

「是的，聰明史萊姆和蜜優蜜優協底瑜小姐總是聊得很開心，不過……」

法托菈像是想稍微喘口氣地喝了一口茶。

儘管法托菈的個性並沒有十分樂天，但她此刻的表情是莫名陰沉。

「當兩人合作解讀於魔族領地內某處發現的古代黏土板時，竟然發現裡頭記載著一件令人聞之色變的情報……」

正當我想說出現了一個十分陌生的詞彙之際，夏露夏翻著書在一旁解釋說：

「所謂的古代黏土板就是長眠於魔族領地的地底下，以神祕語言撰寫而成的史料。內容究竟記載著什麼，即便在魔族之中也無人知曉。」

這些事我還是第一次聽聞。

「咦？原來還有這種東西嗎？印象中魔族社會是自古就存在，並且延續了很長一段時間，感覺應該沒有存在其他的古文明吧……」

「一如媽媽所言，魔族之中有人主張這只不過是遠古魔族恰巧使用不同語言，但因為無人能成功解讀，所以才成為長久以來的歷史懸案之一。」

話說這樁歷史懸案發現至今究竟有多長一段時間啊……

相較於魔族的歷史，區區三百歲的我就只是個黃毛小丫頭吧。

「吶吶~法托菈小姐，請問古代黏土板上寫著什麼嗎？」

法露法似乎也對此感到好奇。確實如果聽說有人解開神祕古文明的謎團，我同樣會心生好奇吧。

「老實說我也尚未得知全貌——但有聽說若是封印被解開的話會很不妙，而且是非常不妙。」

這還真叫人聽得一頭霧水，但能肯定是真的很不妙。

「為了避免封印被解開，所以拜託我過去一趟——是這個意思嗎？」

我以自己的方式解讀法托菈的來意。

「不是的，既然封印沒被解開就無關緊要，真要說來是當封印解開後如果有東西跑出來，希望妳能在現場幫忙處理。」

「這麼嚴重的事件，居然只用演講費就想打發我!?」

簡直就是哪來的黑心企業嘛……即便再不確定會出現什麼，也不該把我想得那麼廉價吧……

「真是非常對不起，畢竟國家沒有編列應對地底邪物復活時的預算……等到情況明朗之後，就會以更正式的名義來支付報酬。」
好久沒看見法托莅展現身為政務官的一面了。
我輕輕地從椅子上起身。
「我隨時都能出發。」
假如問我是否想去，老實說我是很想拒絕這個邀請，偏偏這件事聽起來似乎不能坐視不管。
外加上都已得知消息，我也沒辦法繼續待在高原之家悠哉度日……一旦出事的話，有極高的機率會找我過去……
「謝謝您的體諒。」
法托莅至此終於露出微笑。
「若是維持原樣沒有解開封印的話，也許會是最好的結果吧……」
「拜託別說這種觸霉頭的話啦！」
每次聽人這麼說感覺就會出大事。
希望最終只是虛驚一場……

要陪我一同前往范澤爾城的家人們，最終人選是萊卡跟芙拉托緹兩人而已。

我們一口氣穿過雲層的間隙，直接翺翔在雲層上。

萊卡負責載我，法托菈則坐在芙拉托緹的背上。這麼做遠比搭乘飛龍省時多了。

因為此次的情況相較於以往感覺充滿危險，所以才沒帶女兒們和哈爾卡拉一起前往。外加上身為幽靈的羅莎莉也對這件事一無所知，於是就讓她待在家裡。

◇

「話說回來，沒想到這世上居然存在著就連魔族也不得而知的古代文明。」

幸好萊卡嗓音宏亮，即便像這樣高速移動也能清楚聽見她的話語。

「這沒啥稀奇的吧，就像魔族也沒聽說過惡靈國度，剛好此次也是他們沒有接觸過的國家而已啦。」

就如同芙拉托緹所說，魔族與惡靈國度從未有過任何交流。

「穆小姐她們所屬的古文明發源地距離魔族領地非常遙遠，反觀此次找到的東西就位於魔族領地的地底下不是嗎？我很意外地底下竟然有著魔族未曾發現過的古文明。」

「就是說啊，我和萊卡一樣本以為魔族一直住在那片土地上，不過……按理來說或許並非這麼一回事，可能還存在著其他根源。」

儘管我沒有深入研究過魔族的歷史，但他們應該也經歷過以嗚嘎嗚嘎這類話語來交流的舊石器時代才對。

除非是從其他世界突然移居過來，要不然絕無可能立刻打造出范澤爾德城這類壯觀的建築物。

「雖然已久遠到不可考，而且應該比人類王國的歷史更為悠久，可是魔族理應也歷經過相對原始的時期。至於這次就是發現比該時期更早的古文明遺跡，然後可能會從中復活某種事物是嗎？」

我向坐於芙拉托緹背上的法托菈提問。

「我想應該就是這樣。說實話，我也只將此事當成是某種傳說。」

畢竟古文明與現今的生活並沒有直接關係，一般人不可能會瞭解多少，也只有喜歡考古的人才會在意吧。

「僅憑我的知識無法正確回答相關問題，到時再請您聽聽聰明史萊姆和仙女木族蜜優蜜優協抵瑜小姐的見解。希望最終只是虛驚一場就好……」

「本小姐想跟這群從沒聽說過的強悍傢伙們戰鬥！」

妳的發言太過魯莽囉！芙拉托緹！

不過這種事對於喜歡找人切磋的好戰分子而言，我相信是絕不可能會輕易放過的大好消息。

話雖如此，單以非常不妙這句話來看，無法保證我們一定會碰上強敵，更何況也沒有掌握能供我們推測的情報。

當未知的事情越多，人就會越不安。

我們還是加快腳步前往范澤爾德城吧。

感受著已然超出涼爽範疇的寒風，我忽然想到一個好點子。

有了，相信梅嘉梅加神或仁丹女神會知道些什麼。她們好歹是神明，假如不知道那片土地在魔族出現之前有過何種古文明就太奇怪了。

可是嘛，偏偏這種時候總會聯絡不上她們。

「兩位女神，有聽見我的聲音嗎？」我試著在腦中集中意念，但就是得不到任何回應。

碰上這種情況實屬正常。

明明她們都能突然出現在我的夢中，感覺這樣有點不太公平。

不過身為區區人類的我竟然想跟神明談論公平二字，簡直就是大不敬的念頭，而且只能乖乖接受現實。

……但這情況也能換個方式來解釋。

或許事態比我想像得更嚴重，其實神明正忙著阻止嗎……？

我用力甩甩頭。

不對不對，天底下哪可能會有比神明更強的存在。

倘若真有此事，也就只有與神明相類似的存在了。

「芙拉托緹想跟類似神明的存在戰鬥——！」

我也好想變得和芙拉托緹一樣，能以這種輕鬆樂觀的心態看待事情！

順利抵達范澤爾德城的我們，一路前往城堡深處，被帶到已列為機密的房間內。

能看見蜜優和聽史待在裡面激烈討論著。

確切而言聽史並不會說話，它正不停撞擊狀似鍵盤的掛布組成話語，總之能肯定他們在進行爭論。

「啊、是亞梓莎妳們呀！好久不見～！妳快聽我說，這件事可是不妙到超級無敵霹靂批的喔～」

在聽人以如此浮誇的詞彙形容之後，反而會莫名覺得情況一點都不緊急。

「蜜優，麻煩妳形容得具體點，現在到底是什麼狀況？」

「魔族地底下的**不妙感**超濃的說～真是有夠搞笑的～」
「拜託妳解釋得具體點！另外這一點都不好笑！根本讓人笑不出來！」
雖說早知道此人是個賢者，但大概是因為過度聰明的緣故，反而很難與她溝通。
聽史蹦蹦跳跳地撞擊鍵盤狀掛布，拼組出以下單字。
那就是——危險。
不過嘛——還是很不具體喔。
「……嗯，讓聽史以這種方式來解釋來龍去脈，感覺會把他累死，讓蜜優來說明應該會比較好……」
此時，兩位熟面孔推門走了進來。
來者正是別西卜與佩克菈。
「姊姊大人，這次的事態似乎很嚴重呢～」
從佩克菈的表情來看，總感覺好像沒那麼嚴重。
儘管我個人是如此希望，但別西卜的臉色相當難看。
「目前知道些什麼嗎？不管是佩克菈或別西卜都好，麻煩先解說一下。」
「嗯，至今無人知曉古代黏土板上頭到底寫了些什麼，於是小女子就把它交給蜜優來解讀當作餘興活動。」
「餘興活動……」

「畢竟聰史與蜜優都是賢者。既然身為賢者，小女子就抱著姑且一試的心情把黏土板交給他們，想說或許有辦法解讀上頭那些長年以來沒人能看懂的文字。反正嘛～即使只是大略能讀出其中一個文字也算是賺到了。」

我明白現在沒空把話說得婉轉點，她的措辭也太過不修邊幅了吧。

「小女子就借用一下蜜優的話語……能肯定此次的事態是**不妙**到很扯。」

「拜託妳別這麼做。」

這樣只會導致事情毫無進展，快給我切入正題解釋原委。

「黏土板上寫著『只要解放我等的偉大神明，必能統治大半江山』。」

「神明!?而且內容聽起來像是已被封印……」

照此情況看來，事態當真十分嚴重也說不定。

「我們暫且將這位被封印的神明稱為古神，乍聽之下似乎跟我們魔族信仰的神明並不一樣。」

佩克菈接著說道。

「另外這塊黏土板並非是現今魔族或人族的祖先所製作，當然也不是出自精靈族或矮人族的祖先之手，而是由其他神祕的智慧生命體打造而成喔～」

佩克菈的手中有一疊狀似調查報告書的資料。

「假如此話屬實，那就不能解開封印了。」

「好～讓本小姐跟這個古神一決高下！」

芙拉托緹說出令人捏把冷汗的提議……這等存在就連我也未必能應付喔。

「嗯，我們當然是沒打算解開封印……」

別西卜和佩克菈對視一眼。

「問題是再不抓緊時間，封印有可能會自行解開喔～♪」

佩克菈靦腆一笑，緊緊握住我的手。

「基於此因，姊姊大人，可以請妳去檢查一下封印嗎？這堪稱是魔族空前的危機……不，是可能會影響全世界的重大危機呢～啊、我也真是的，居然一不小心亂牽姊姊大人的手！」

「瞧妳說得好像一點都不危險……情況真有這麼糟糕嗎？」

該不會是這起事件早就已經獲得解決了吧？

誰叫佩克菈就是喜歡做出這類惡作劇……

「是真的糟糕喔，畢竟對上神明就是非同小可囉～」

「對呀對呀，就說**不妙**到超扯的～」

「這件事非常**不妙**，亞梓莎，可以請妳幫忙嗎？」

「若是強到很**不妙**的傢伙當真出現了，肯定會很有意思！」

「各位，現在說話暫時禁止使用不妙二字！」

因為會害我漸漸搞不清楚狀況！

我能肯定這是自己至今最常聽見「不妙」二字的一天。

「亞梓莎大人……『不妙』二字聽在我耳裡慢慢變成其他意思……感覺就只是『不』跟『妙』兩個字組在一起罷了……」

萊卡似乎也對這個詞彙產生疲乏，就此陷入類似語義認知錯亂的情況！

「我覺得萊卡妳也變得很**不妙**。」

「啊、亞梓莎大人，妳方才不小心說出『不妙』二字……」

「……………真的耶。」

看來連我的措辭也被周遭的人影響了……

「對了，別西卜，封印地點在哪裡？我聽說在地底下，總不會又在范澤爾德城正下方吧？」

我首先產生上述疑問。

這座城堡的地底下有一片大型迷宮。

就某種角度上而言，這裡確實宛如電玩裡的魔王城。

「發現黏土板的地點並非在城內，而是位於近郊，理所當然會讓人認為封印的地點也在那裡。」

「這麼說也對。」

挖出這種提及想讓古神復活的危險黏土板那附近特別可疑，算得上是相對妥當的判斷。

「意思是只要前往黏土板出土的地點就好了吧。我是可以馬上動身。」

「……瞧妳這次不同於以往，特別積極呢。」

虧我特地提起幹勁了，就別這樣拆我的臺啦。

「這也要怪妳們一直強調情況相當危急呀……而且只是稍微瞭解個大概，就有可能是世界級的危機，那無論我再不想牽扯進去也不能坐視不管……」

「正如亞梓莎大人所說，倘若此時沒有貢獻自身的力量，將會令人懷疑自己至今是為何變強。」

萊卡有如理所當然地認真看待此事，相信雙親在見到她如此懂事之後，肯定會以她為榮。

別西卜慢慢地點了個頭。

「小女子明白了，那就趕在今天之內前往該處吧。」

◇

我們分組騎乘多隻飛龍前往目的地。

為了讓兩位龍族少女能恢復飛來魔族領地時所消耗的體力，因此她們也是騎乘飛龍。

不光如此，聽史與蜜優也一塊同行。順帶一提，聽史是由蜜優抱著。

另外蜜優帶了個袋子過來，裡頭裝有大量的地瓜。

這些地瓜是為了補給魔力用的。根據當事人表示，仙女木族若是沒有適時補充魔力會很不妙（具體會怎樣並沒有明說），所以遠距離移動時需要攜帶這種類似行動電源的補給品在身邊。

「讓聽史和蜜優跟來當真不要緊嗎？」

他們怎麼看都不像是精通戰鬥的高手，真叫人擔心。

「反正那裡又不會立刻變成戰場～更何況附近或許會發現尚未出土的黏土板，進而獲得更多線索。若是沒能掌握最新趨勢，就算進行研究也會搞砸失敗喔～」

所謂的研究，會像流行事物一樣隨著時間改變嗎？

確實當今的科技水準在見到五百年前的研究報告，應該會覺得太過時而無法派上用場吧。

「研究時就是非得前往趨勢的發源地不可。既然這次得知黏土板的出土地點非常不妙，要是沒有前往現場就無法得知到底多麼不妙啦。」

「趨勢的發源地……」

瞧她說得好像準備前往原宿或代官山這類地點。我在讀高中時也會前去原宿吃甜點，當然我並沒有在追逐流行事物，就只是一般的女高中生而已。

「小女子幫忙補充一下仙女木族蜜優想表達的意思，總之那裡的封印尚未被解開淪為戰場，因此這次行動就與前往規模較大的外縣市沒什麼差別。」

位於前座和我乘坐同一隻飛龍的別西卜如此說著。

「嗯，即便黏土板上寫的封印屬實，但既然沒發生騷動的話，就表示封印還沒有失效。」

「說得沒錯。」

話說回來，魔族的外縣市是個什麼樣的地方呢？

◇

飛龍降落於一座巨型神殿前。

問題在於——現場就只有這座神殿。

神殿附近是一片空蕩蕩的荒野。

周圍沒看見任何一棟民宅，甚至連森林都沒有。

唯獨這座狀似神殿的建築物孤零零地聳立在這裡。

「咦？這裡就是外縣市嗎？我們是不是搞錯地點了……？」

「完全沒看見有任何食物在販售，未免也太蕭條了吧。」芙拉托緹沿著神殿外側邊走邊說。

「啊、難道除了巨型神殿以外全埋在土裡？位於荒漠裡的古代都市感覺好像就是如此。不過這樣就得稱為遺跡，形容成外縣市總覺得並不恰當。」

「亞梓莎，妳在說什麼呀？這只是一座車站喔。」

莫名有種雞同鴨講的感覺。

法托菈率先走進神殿內，緊接著佩克菈和別西卜也進入其中。

我自然只能跟上去。

神殿內部——有一條寬敞且角度很陡的坡道。

順帶一提，此坡道並非向上延伸，而是通往地底下。

「這是什麼……？」

萊卡似乎也是第一次見到，她驚訝地睜大眼睛。

坡道向地下延伸而去，走沒多久就有一扇巨人的金屬門擋住去路。

這裡的天花板有挑高，十分寬敞且空無一物，值得一提的就只有這條坡道。

「這是通往地底都市悠絲托斯的車站，除了此方式以外完全無法進入悠絲托斯。」

別西卜輕描淡寫地說出地底都市這個名詞。

「都市位於地底下嗎？我還是第一次聽說！妳應該早點說嘛！」

「啊～這對我們而言是一般常識，所以忘了提醒妳……」

一如字面所述，魔族世界真是存在著許多奧祕。

「姊姊大人，因為魔族之中有著不太能接觸陽光的種族，所以才發展地底都市並定居在此。」

「魔族還真是個種族大熔爐……咦，照妳這麼說，地底都市是一片漆黑嗎？」

「這點倒是不必擔心，住在這裡的人只是不能照射陽光，並不會受到一般照明的影響，而且我覺得當地還比地表更明亮呢～」

「那就不會因為太漆黑而傷腦筋囉。話說回來，我們要如何前往地底——」

忽然有一陣劇烈的腳步聲打斷我的話語。

只見無比巨大、狀似地鼠的魔族，從類似神殿辦公室的地方走出來。

這群地鼠背後都牽著很像是車廂的東西。

「接下來將要搭乘這些大王地鼠。由於即使是擅長飛行的種族要前往地底也頗有難度，因此大部分的人都會搭乘牠們前往。」

「居然又出現新的交通工具……」

於是我們全坐進車廂內。

我跟芙拉托緹來到第一節車廂的前門。

其他魔族不知為何都盡量往後側的車廂移動。

接著金屬門緩緩向上開啟。

門內有如深淵般一片漆黑，至少能看出不存在任何照明。

「唔……我不太習慣……待、待在這麼暗的地方……」

萊卡下意識地靠在我背上。

「我相信地底都市不會全部籠罩在黑暗之中，妳稍微忍耐一下就好，萊卡。」

「亞梓莎大人，若我怕到不慎噴火的話還請妳見諒……」

「這樣很令人困擾！麻煩妳務必要忍住！」

我可不想見到大家一起變成烤肉。

感覺主題樂園裡有這種搭乘型的遊樂設施，但我想應該不會以暴衝的速度前往地底吧。

話說回來，車廂內設有供人握住的扶手，這是做什麼用的？

「萊卡真是個膽小鬼，明明就只是很黑而已。要是連這樣都會害怕的話，那妳每天晚上睡覺時不就一直怕得要死嗎？」

芙拉托緹看起來並不怕黑。

另外這番言論確實頗有道理。不過我個人認為，與其說是芙拉托緹膽大包天，不如說她對可怕的東西特別遲鈍……

「這也是莫可奈何呀……畢竟身處黑暗之中就無法掌握敵方位置，將導致自身陷入不利，因此會害怕是十分正常……」

語畢，萊卡緊貼在我的背上。

「哼，瞧妳平常表現得那麼威風，現在碰上這點漆黑就——」

車廂突然大幅上下搖晃。

「——好痛！芙拉托緹咬到舌頭了啦！」

芙拉托緹的慘叫聲迴盪於地底之中。

這是因為大王地鼠開始沿著通往地下的坡道往前跑。

所以才會產生這樣的震動。

於是乎，車廂朝著黑暗疾駛而去！

現場漆黑到伸手不見五指。

唯一能感受到的就是車廂正不停搖晃。

啊～設置的扶手是為了因應這個情況吧……
話說我們可是第一次搭乘，魔族組的那票人好歹先提醒一聲嘛！
「呀啊！好可怕！亞梓莎大人，我好怕！」
後頭傳來萊卡的尖叫聲。
「我能理解！這完全就是搭乘型的遊樂設施！」
雖說因為太暗看不清楚，卻能感受出地鼠正以很快的速度在奔跑。
再加上又讓人隱約有種下墜感，不習慣這類載具的人肯定是死都不想搭乘……這情況就類似於必須蒙上眼睛搭乘高處墜落型的遊樂設施……
「喂，說話很容易咬到舌頭！奉勸妳們少開口！」
「那妳好歹事先提醒一下呀！包含狀似神殿的車站在內，從頭到尾哪次不是放馬後炮！」
「……因為這對魔族而言是一般常識，所以小女子忘了說。」
但我們都不是魔族，個人希望全都能提前解釋清楚。
「嗯～偶爾搭一次還真痛快呢～！」
「啊哈哈哈哈！真有趣～！太搞笑了！超搞笑的～心情嗨嗨滴～♪！」
能聽見佩克菈和蜜優的歡笑聲……總感覺她們把這個當成是遊樂設施了。

持續一段時間的下墜感終於結束。

呼～看來抵達終點了——

當我如此心想之際，猛然出現一股急轉彎的感覺。

「嗚哇啊啊啊啊！這次是什麼啊啊啊啊啊!?」

「簡直跟雲霄飛車沒兩樣啊啊啊啊！」

「這通稱『地獄螺旋』，妳們要小心別被甩下車喔。若是跌出車廂的話，在這片暗處之中搜救可是相當麻煩。」

「不就告訴過妳要提早講啊啊啊啊啊！」

「超扯的！當真超扯的！真是太搞笑了～！超扯的啦～！呀哈哈哈哈！」

蜜優的反應完全跟個辣妹毫無區別。

「蜜優小姐不愧是賢者……竟看破世俗到不會恐懼……看來我還有待磨練……」

萊卡，妳好像有點讚美過頭囉……

「啊、真危險～聰史差點飛出去了～」

「妳務必要抱好他喔！拜託妳一定要抱好他喔！」

畢竟聰史原本就長得烏漆抹黑，如果他迷失在這片黑暗之中，九成九會陷入搜救困難……

「接下來要進入『連續螺旋』囉～請各位要當心喔～！」

在佩克菈提醒完的下一秒，立刻有一股被人用力往外甩的感覺襲向身體……

儘管希望在搭乘前能先提醒一下，但問題是若說明得太仔細的話，難保萊卡會怕到不敢搭乘……

◇

在這之後，途中還經過一段三百六十度大旋轉的路線，最終在有驚無險之下抵達地底都市悠絲托斯的車站。

車站內燈火通明，不再像之前那樣漆黑一片了。

內部結構與地表的車站原則上毫無分別。

「啊～……終於到了……真是漫長的體驗……」

「就是說啊……簡直就像是置身於一場不知何時才能夠甦醒的惡夢之中……」

我與萊卡此刻已身心俱疲。

「這裡真涼爽耶，果然地底就是舒適。」

真羨慕芙拉托緹的悠哉個性。話說回來，三百六十度大旋轉的路線當真有其必要嗎？

「其實一點都不漫長，大王地鼠可是以飛快的速度奔馳，理應沒有乘坐多久才對。」

「妳誤會了，別西卜，我指的是感受方面……與現實經過多少時間無關……」

魔族組似乎早已搭習慣，全都露出不當一回事的樣子。也許這就是文化上的差異吧。

「這簡直是棒透了～！有趣到當真是超扯的說～！我還想再搭一次～」

「蜜優，我們不是來玩的！是為了處理頗嚴重的問題才來到這裡！」

老實說當我們走出地底都市車站的一瞬間，我就很想收回前言。

因為整座地底都市看起來既絢爛又熱鬧。

諸如以甜點或食物為造型的看板、繪有小貓小狗或鴨子的壁畫等等。每間店家的牆壁都顯得色彩繽紛，有著與范澤爾德市區截然不同的風情，而且各店家都播放著節奏歡快的音樂。

另外走在路上的魔族，全都戴著一頂兔耳頭飾。

而且明明位於地底，真要說來正因為位於地底，反倒運用大量照明魔法變得十分明亮。

乍看之下——

「根本就是夢想國度嘛！」

「喔～妳是從哪裡打聽到關於此處的消息吧。這裡準確說來是夢魔之都，有許多夢魔都住在這裡。」

偏偏在奇怪的部分有所偏差！

「夢魔大多都偏好住在充滿歡樂氣氛的場所，根據他們的說法是這樣有助於增加夢的種類。」

「因此才把都市打造得跟遊樂園沒兩樣啊……」

「總之特別熱鬧是不爭的事實。此外擁有許多眼球與眼睛特別大的種族都不喜歡陽光，所以也會定居於此。可是這裡的氛圍總讓人靜不下來，因此小女子並沒有特別喜歡造訪此處……」

一支吹著喇叭的樂隊從別西卜身後經過。

的確這裡充滿喧囂，感覺別西卜並不習慣待在這種地方。

「那麼，我們要前往地底都市的哪裡呢……？」

就算向民眾解釋說這裡有邪神的封印即將解開，大家恐怕也只會當成是餘興表演的一環。

「我們就前往黏土板的出土地點吧。話說大王地鼠車站附近特別熱鬧，我們先去偏僻一點的地方——呃，已經有人玩開了……」

芙拉托緹跟蜜優的頭上都戴著兔耳頭飾。

「芙拉托緹是從路人那裡收下這個的，這裡的居民還真奇怪耶。」

「他們都好大方呢！我好像已經喜歡上這裡了！」

這裡果然是遊樂園……

這群可恨的魔族，竟然打造出這種如同壓箱寶般的奇妙世界。

等解決這起事件之後，我就帶女兒們來這裡參觀，相信她們會玩得很盡興。

話說回來，我反而很納悶別西卜怎麼會沒帶我家女兒們來這裡玩，此處完全能媲美遊樂園耶……

我看在別西卜的認知之中，根本沒有遊樂園這類概念吧。

她八成只把這裡當成是一座吵鬧雜亂的都市而已。

恐怕別西卜從小開始，個性就是會以有別於常人的角度來看待事物。像我就完全無法想像出她小時候在遊樂園裡玩得欣喜若狂的模樣。

「喂，亞梓莎，妳在發什麼愣？快走囉。」

見別西卜等人已經走遠，我連忙追了上去。

走了一段路之後，我們來到「相關人士以外禁止進入」的區域。

周圍被色彩鮮豔的木板所包圍，木板上寫著「此處禁止進入」的標語。但我們不只是相關人士，甚至還有魔王陪同，於是直接穿過一處由木板組成的出入口走進裡面。

「這裡根本是工地現場吧。」

「真不愧是姊姊大人，完全被妳講中了。」

禁入區域唯獨入口處附近有著看似頗具年代的市區，讓人看不出來為何要禁止進入。

不過走了約莫三分鐘後，景色就變得截然不同。

市區範圍到此為止，放眼望去只剩下一片荒野。

能看見許多魔族拿著十字鎬正在荒野上挖地。

「原來如此，我明白這裡為何禁止進入了。」

此處是類似於遊樂園的最外圍。

「畢竟這幅光景會破壞大家的夢想，所以才不想讓人瞧見吧。」

「是的，夢想被毀對夢魔而言是非常不祥的徵兆，因此相當忌諱這件事。」

法托菈淡然地幫忙解釋。

「地底都市悠絲托斯仍在進行擴建工程，這裡就是工程的一部分～他們打算在暫時封閉的舊市區深處拓建新區域。」

佩克菈似乎對此再清楚不過，大概是她曾經來視察過吧。

「關於黏土板出土的地點，我看看喔～應該就在那附近。」

佩克菈往前一指，只見該處地面有一塊類似黏土板的東西！

而且魔族工人正拿著十字鎬準備朝該物揮下去！

「哇——！暫停暫停！快停下來！」

我連忙上前制止。

然後請該名魔族工人去其他地點工作。

「看他們的反應根本沒打算保留黏土板……珍貴的史料差點就毀了……」

「就是說啊～因為黏土板一直無人解讀成功，長久下來就被視為是無關緊要的東西。」

照此情況看來，至今已失去不少歷史文物吧……

「我覺得趕緊中止整個工程會比較好……當然這部分得交由佩克菈妳來決定。」

「即使黏土板上寫有驚天消息，終究還是不能隨意公布喔～況且要是寫有對魔王一族不利的情報將會很麻煩呢～」

原來如此，也有基於政治方面的理由。

蜜優與聰史走向那塊黏土板後，迅速開始解讀。

「啊～原來是使用這種文法，真搞笑～構詞的變化未免太複雜了吧，感覺使用這語言的人也會嫌煩吧～」

聽史在蜜優的身旁跳來跳去，在它身下能看見一塊狀似鍵盤的布。附帶一提，是法托菈幫忙鋪的。

「這是韻腳吧～音節還有規定的數量，難道是只能以詩詞的形式來寫文章嗎～？感覺缺乏效率到超扯的說～」

聽史在布上移動。

「啊～原來是這樣呀，還想說不太理解這個單字的意思，結果居然是『厲害』、『可怕』、『不得了』、『近乎絕望』和『驚訝』都是以同一個單字來表現啊～這語言真是難用到超扯的說，當真是霹靂扯耶～！」

這不就跟每句話都以「扯」這個字來總結的想法完全一致嘛！蜜優妳根本沒資格抱怨喔！

「差不多都搞清楚了～感覺滿簡單的吧？」

「吶，蜜優，上面寫了什麼？」

「上面寫著『大事不妙，大事不妙，大事不妙到超扯』！」

「妳是沒打算回答我的問題吧！」

「矮油～因為翻譯古代語言超難的說～」

我個人認為問題不是出在這裡。

再怎樣好歹也能翻譯得具體點吧。

就在這時，聰史蹦蹦跳跳地在鍵盤布上來回移動。

「『這是一種相當高端的語言，如果隨意代入詞彙，很可能會偏離原來的意思，因此就只能以這種模糊的方式翻譯』。好吧，我明白你的意思了。」

類似於若將感受到的內容直接轉換成語言，結果卻變成言不及義的狀況吧。

「才怪，就只是這些古人不知該如何解釋，所以就用模稜兩可的話語來逃避現實罷了，奉勸妳別上當。」

別西卜完全不給古人留面子！

由於黏土板有好幾塊，因此聰史與蜜優繼續解讀。有一部分的理由，大概是不能花費太多時間在一塊黏土板上頭吧。

「他們真厲害……竟然能解讀這種完全不像是文字的內容……此等才智絕非我能夠比肩……真不愧是被世人尊稱為賢者的存在。」

萊卡打從心底感到佩服。雖然萊卡非常聰明，但也僅限於學業成績的範疇內（一般來說已經很厲害了），她無法像這樣輕鬆閱讀古代的神祕語言。我也一樣辦不到，這已經達到超人的境界了。

「嗯，這已超出我的能力範圍，就交給蜜優與聰史負責吧。」

在解讀古文的這段期間，芙拉托緹表示機會難得，於是借了一把十字鎬跑去協助施工。她說比起待在這裡發呆，她情願找點事情來活動筋骨。

隨著解讀完其他的黏土板，我們漸漸釐清之前沒能搞懂的部分。

「上面寫著『當封印遭破壞之時，我等的神明就會復活，將我們從黑暗深處拯救出來』～」

內容聽起來挺可怕的……

「這塊是關於對神的祈禱文～裡頭還有提到一個應該是神的名字～」

「那個……這位神明叫做什麼名字？」

蜜優對於我的問題只是搖頭以對。

聽史透過鍵盤布組出「念不出來」這句話。

「那是專為神設計的特殊文字，所以我不知該如何發音，真是有夠麻煩的。」

這群古人設計的文字還真複雜耶。

「啊～這上面有記載神明被封印的場所。」

太厲害了！簡直是一大發現！只要找出地點，就可以設法加強封印讓它絕對無法被解開！

「嗯～必須破解一道超扯的數學問題才能夠知道地點在哪～這還真是扯到無極限呢～」

我說蜜優啊，妳在這句話裡沒有硬是想用「扯」這個字吧？

甚至看不出那是數學問題的我們自然無從下手，只能全權交由賢者來處理了。

蜜優將一塊地瓜電池插在自己的背上。

「看來得繃緊神經才行了！這內容還真是扯到罄竹難書耶！」

蜜優把紙放於地面，然後整個人趴在上面，以飛快無比的速度振筆書寫。

聽史同樣提升速度在鍵盤布上跳來跳去。

「太扯啦太扯啦太扯啦太扯啦太扯啦太扯啦太扯啦太扯啦太扯啦！」

太驚人了！明明她只是不斷重複「太扯啦」這句話，但確實逐漸在紙上寫出數學公式。

「亞梓莎大人，我現在是無比感動……真希望也能讓法露法看見這一幕……這讓我再次體認到自己還有許多精進的空間……並且很想繼續鑽研學問……」

萊卡此刻淚流滿面。

「萊卡，這真的會令人感動到想落淚嗎……？我只看出他們在破解一道數學難題而已……」

順帶一提，原本在挖土的芙拉托緹就這麼躺倒地上呼呼大睡。

看來藍龍對於解讀古文一事是完全沒放在心上。不對，我在主詞的選用上有點太超過了，相信藍龍之中一定也有聰明絕頂的存在……大概吧。

三十分鐘後——

「解開了。」

蜜優把筆放下，慢慢地站起身來。

「那麼，封印地點到底在哪裡？」

「雖然得以這塊黏土板在埋下時與出土的位置皆一致為前提，但應該就在那邊吧。那裡似乎有個明亮到超扯的地方才對～若是沒保護好那裡，可能會有東西冒出來喔？」

蜜優指著正在施工的方向。

「偏偏恰好就是大肆開發中的區域呢～」

佩克菈一派輕鬆地說著。

「魔王陛下，這可是不得了的大事！請您表現得稍微緊張點！」

「不過如今再怎麼緊張也改變不了什麼，另外身為魔王就應該臨危不亂。」

「但還是得看時間跟場合而定呀！」

「現在不是主僕爭吵的時候！趕快先過去確認吧！」

我們急忙向封印地點跑過去。

拜託要趕上啊！請一定要趕上啊！

該處有一塊地發光到很不自然。

一看就能發現那裡十分反常。

「有了！就在那裡！」

可是隨著接近該處，逐漸能看清情況似乎不太妙。

發光地點被一塊黑布蓋住……

佩克菈無所畏懼地一把將黑布掀開。

顏色不同於他處的這片土地，早已被人用十字鎬挖得面目全非……

「這個封印絕對已經解開了！」

我抱頭慘叫。

「話說回來，為啥工人們能毫不在意地開發這塊一直在發光的區域!?都不覺得這裡不太對勁暫停施工嗎!?更何況唯獨這附近明顯是人工建造的喔！」

這附近的地面像是經過整地般特別平坦，上頭鋪設著類似大理石的東西，外加上此處發亮成這樣，一眼即可看出這裡是非常特殊的地點。

「住在這裡的魔族大部分都不喜歡陽光……也許這剛好是他們最厭惡的那種光芒……」

別西卜雙腿一軟，當場跪下。

法托菈也用手掩住嘴巴，露出相當震驚的表情。

但唯獨佩克菈的反應不同於其他人。

「哎呀呀，封印被破壞了呢～」

她蹲了下來，彷彿事不關己地悠哉眺望著應該是封印地點的所在位置。

這算是漫不經心嗎？

不，我相信佩克菈正以她的方式在冷靜處理這件事。

她理應有身為魔王的自覺才對。

畢竟她在該正經時仍會認真應對，再加上她腦筋很好。

肯定已經掌握好狀況了。

「感覺名為古神的存在很可能已經跑出來了——這令我不禁鬆了一口氣。」

佩克菈面露微笑，看起來不像是在胡鬧。

「佩克菈，妳這句話是什麼意思……？」

「這情況能想成封印已被解開，可是在我們魔族的這片土地上並未掀起任何騷動，表示古神並沒有想危害人間，要不然就是辦不到。」

原來還能夠這樣解讀啊。

古神復活了

She continued destroy slime for
300 years

「嗯，至少不屬於那種一被放出來就導致世界瀕臨毀滅的危機。」

別說是魔族國內，甚至這座地底都市悠絲托斯都並未遭受破壞。

換言之，古神並沒有對這裡造成任何影響。

「那麼，既然能肯定封印已解，就得採取下個對策。」

佩克菈對我們露出笑容。

「大家一起來尋找古神吧。」

確實也不能在看出古神已被放出來之後，就裝沒事拍拍屁股走人。

「儘管古神已來到人間，但祂對現今這個時代應該相當陌生，有很高的可能性仍在附近閒晃，因此請大家一起來搜查地底都市吧。」

沒錯，目前還有餘裕。

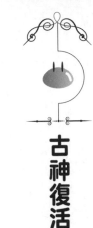

可以在古神想做什麼之前先做出應對。

「魔王陛下，但我們並不清楚古神是什麼模樣，這叫人是如何找起……」

就在這時——聰史突然開始跳來跳去。

「嗯？已從黏土板上得知古神的特徵嗎？好，快告訴我們。」

聰史以飛快的速度在鍵盤布上移動。

「什麼什麼？『偉大的神明能隨心所欲地改變容貌與外表』？」

聽起來確實很有神明的風格。

「呃……能隨心所欲地改變外表就沒法找啦……」

「聰史還沒講完，他仍在布上移動。他說『平常是保持橢圓形』。」

橢圓形？聽完更是讓人滿頭問號……

「聰史又說『由於偉大的神明是無限的存在，因此祂能無止盡地繪製物品，不會受限於形體』。」

「祂果然被設定成很難找出來……」

不過聰史沒有停止移動。

「『雖然有人說只是因為神明不善畫圖，但那全是毫無根據的中傷毀謗，文獻記載祂可以無止盡地繪製出任何東西』，就這樣。」

最後竟給出一個莫名具體的情報……

「換言之…………線索是圖畫，繪畫技巧特別拙劣的人很可能就是古神。」

如此說著的別西卜似乎也冒出「這是什麼鬼提示？」的想法，光從她的表情就能夠看出來了。

「到頭來是要怎麼搜尋古神？難不成讓所有地底都市的居民們都來畫畫嗎？」

「這、這也沒辦法啊！那些黏土板又不是小女子寫的！妳若有意見就去找黏土板的製作者抱怨啊！」

責任的確不在別西卜身上，我就別再刺激她吧。

話雖如此，終究改變不了無從搜索起的情況。

「眼下總比毫無頭緒好多了，就由我來想辦法吧。沃薩諾薩農奇西道・畢迪斯黛・福爾戈・西佐尼。」

佩克菈念念有詞地開始詠唱。

總覺得這跟我召喚出別西卜時的咒語很相似——

忽然有一名魔族出現在佩克菈的面前。

儘管從沒見過，但此人散發出高貴的氛圍。

「那個……請問魔王陛下為何召喚我……？」

「我有事情需要拜託你，能請你處理一下這件事嗎？」

「謹遵吩咐。」該魔族自然是無法忤逆魔王，在如此回應之後就快步離去。

「那個，佩克菈……剛剛那人是誰？」

「是地底都市悠絲托斯的市長。」

「原來如此，向市長請求協助是非常明智的抉擇。」

「我麻煩他在市區各處舉辦繪畫比賽。」

「交辦這種差事也太奇怪了吧！」

不愧是魔王，行事作風真是強硬。

「這下就很有機會找出不擅長畫畫的人，應該能大幅縮小搜索範圍，哼哼～！」

瞧她如此得意洋洋，我看還是別吐槽好了。

畢竟情況相當危急，這算得上是追求效率吧。

「可是不會畫畫的人會來參加比賽嗎？換作是我肯定會害羞到不敢來畫畫。」

雖說也有缺乏才華仍喜歡賣弄，或是不覺得自己毫無天分的那種人，但一般人都不想丟人現眼而避免參賽。

「姊姊大人，請不必擔心！」

佩克菈仍顯得很有自信，難不成她還有其他妙計嗎？

「船到橋頭自然直！」

「妳也太樂觀了吧！」

「從現在就開始擔心古神不會參賽實在是毫無意義！這種時候就該盡力而為！」

這番話當真是很有道理，想想我也沒必要多說什麼。

原因是天底下並不存在能夠搜尋不善繪畫之人的魔法，眼下就只能耐心等待了。

還是說只要具備類似神明那樣的身分，就可以藉由不善繪畫這條情報來搜索目標嗎？

對了，我認識的眾神都在做什麼？

儘管我早就知道眾神都很隨興，但現在的情況是古神很有可能已經復活，令我感到有些不安。

「那麼，該做的事情都已經做完了～」

佩克菈伸了個懶腰。

「今天就先回旅館休息吧，我已按照人數在悠絲托斯訂了一間很棒的旅館。」

「嗯，光是能確認封印已被解開就很足夠了。」

「該旅館的早餐吃到飽很受歡迎喔～！請姊姊大人好好期待吧～！」

明明世界有可能已陷入危機，為何我完全沒把這種可怕的事情放在心上？

大概是我已經融入這個世界了。

嗯，相信這件事會順利解決，趁現在好好期待一下明天早餐的吃到飽倒也不錯。

「另外，我和姊姊大人住同一間房～♪」

佩克菈冷不防地甩下這句話。

「那個！這我就無法接受囉！這種時候不是全家人住同一間房，就是大家各自住一間單人房吧!?」

萊卡搶在我之前提出抗議……

「因為～我們之中有兩名龍族，我是想說讓妳們住同個房間會比較好，所以請兩位龍族小姐睡同一間囉♪」

在萊卡顯得相當失魂落魄的時候，這次是芙拉托緹也加入抗議的行列。

「這太奇怪了！跟這種難搞的傢伙住在一起會把人家憋死的！」

「芙拉托緹，妳太沒禮貌囉！」

「人家會覺得悶也沒辦法呀！誰叫這是人家的感受！不難想像妳到時會不斷嘮叨說不許弄髒房間、不許搞破壞、不許冰凍東西等等之類的！」

不能做出這些行為是理所當然，無論是與人同房或一個人睡本就該遵守基本禮儀。

我拍了拍萊卡的肩膀。

「可以拜託妳幫忙盯著芙拉托緹嗎？以免她太超過給旅館添麻煩……」

「唔……亞梓莎大人……我知道了……總要有個人負責監視她才行……」

萊卡不甘不願地接受委託。

佩克菈從頭到尾都露出笑咪咪的樣子，恐怕這些全在她的計畫之中吧。

如果這場古神騷動也是她安排的話該有多好。

……不，假如佩克菈現在才坦言說事件是她造假的，我可是會生氣喔。

◇

當我們返回悠絲托斯的市中心時，隨處可見「吉祥物設計大賽」、「風景畫大賽」等各種活動。

似乎是認真想透過繪畫比賽將古神給揪出來。

話說黏土板上提到古神能隨心所欲地改變容貌與形體，不過祂的外表當真與智慧生命體很相似嗎？

倘若祂擬態成房間的牆壁該怎麼辦？要是看起來甚至連生物都稱不上的話就不可能找到了。

我略感不安地和佩克菈走進同個房間。

「內部的裝潢好豪華呢～真不愧是發達的都市♪」

佩克菈立刻確認床鋪的軟硬度，然後將分開的兩張床併在一起。

「等等，像這樣保持分開就好了。」

「咦～？做小妹的與姊姊大人一起睡覺很正常喔～這樣才符合禮數。」

雖然佩克菈口口聲聲尊稱我為姊姊大人，卻從頭到尾她都沒有以小妹的身分乖乖聽我說的話……

真要說來，可以像這樣討論床鋪的位置就是一種幸福。

至於想實現上述情景的人就是——佩克菈。

「吶，佩克菈，方便問妳一件事嗎？」

佩克菈此刻彷彿在床上游泳似地不斷擺動雙腿。

「是，姊姊大人，請說。」

「佩克菈，妳是不是早就料到情況不會多麼危急呢？」

佩克菈聽完我的問題，靜靜地坐在床上一角。

「為何妳會這麼覺得呢？姊姊大人。」

看這反應或許真被我猜對了。不過現在就斷言仍稍嫌太早，畢竟有可能是我被自己心中的期望蒙蔽雙眼。

「因為目前有個不知會做出什麼事情的神明在妳的國家裡復活，為此表現得更加焦慮也不足為奇。儘管有可能是妳故意裝出這種態度——可是妳看起來太冷靜了。」

比起我，此事態對身為魔王的佩克菈而言理應更加緊急。就算無須達到杞人憂天的地步，卻也不會有人放寬心到這麼悠哉才對。

「沒錯，姊姊大人說對了，我早料到祂應該不是多麼危險的神明，至於理由是——」

理由是!?

「倘若祂真是會危害世界的神明，本該就連並非魔族信仰的神明也會採取行動。既然姊姊大人妳和多位神明都有交情，那就應該早已收到消息，不過看妳是直到我們說明之後才首度得知不是嗎～？」

佩克菈挺起胸脯地繼續解釋。

「由於我只信仰魔族供奉的神明，因此無法承認來自其他地區的神明，但我非常清楚其他地區同樣存在著神明，假如復活的神明邪惡到會危害這個世界，其他神明一定會先介入的。」

「妳說得很有道理，其實我也抱持相同的看法。」

我輕輕地點頭回應。

「儘管我對無法與神明取得聯繫一事感到擔憂，不過還有另一個解釋是這件事無關緊要，所以神明才沒有回應我。」

感覺梅嘉梅加神或仁丹理應會主動警告有危險降臨，可是直到現在都沒有傳來聯絡。

再加上這次的事情關乎神明，最好還是由眾神自行解決。不該由我或魔族介入。

「呼～聽妳說完之後，我終於有種放下重擔的感覺。」

就在這時——房間內有一塊空間莫名開始扭曲。

當我如此心想的下個瞬間，梅嘉梅加神與仁丹便出現在我面前。

「亞梓莎小姐～！大事不好囉～！遠古神明的封印被解開了！」

「亞梓莎！發生大事了！古神好像已經復活了！」

偏偏在這時才傳來警告！

「這這這這這下該如何是好……!?」

佩克菈隨即昏倒在床上。

恐怕她是終於明白情況相當緊急吧……

「妳們都給我等一下！出了這種事就該早點警告呀！就連生性樂觀的佩克菈都被妳們嚇昏過去了！」

「不好意思喔～我們本想自行解決此事，結果弄得這麼晚才通知妳。」

以組織而言，這是最不該犯下的過失喔！

「嗯，因為情況太過嚴重，沒辦法繼續隱瞞下去，所以才決定通知妳。」

此時此刻被人告知我最不想聽到的事實……

「我們早就掌握古神已經復活，不過祂能夠自由改變外表，讓人無從找起，但祂應該就潛伏在名為地底都市的這片土地中……」

「仁丹，不能用妳的神力找出來嗎……？另外古神是什麼？祂叫做什麼名字？」

「麻煩妳別一次問這麼多問題！會害朕很難回答！」

於是，我和清醒過來的佩克菈一起聆聽仁丹的解說。

「首先是關於古神，祂們並非比原來的眾神更早出現在這個世上，只不過是在創世時的其中一位神明罷了。」

「沒錯，就是仁丹小姐的其中一名同事，把祂當作是已經離職的員工就好。」

梅嘉梅加神的比喻還是老樣子非常隨便。

「許多神明到現在仍留於世間，有的活躍於第一線，有的是靜靜做事，有的是隱居在家睡覺，總之這傢伙經常跟我們意見不合。」

「類似於對音樂的品味不一樣而決定退出樂團。」

由於梅嘉梅加神老愛滿嘴不正經地從旁插嘴，害我很難集中精神聆聽。

「總之這傢伙的個性就是很不合群，儘管此事本身並沒有什麼不好，但放任祂為所欲為的話，好不容易打造出來的世界將會變調。迫於無奈，我們就把祂封印在地底深處，並基於此因才稱之為古神。」

原來眾神也把祂稱為古神，想想還真巧呢。

「如果當年是採取更和平的解決方式，現在就不必像這樣焦急得直跳腳了～」

「梅嘉梅加，**變成青蛙**。」

耐心已達極限的仁丹從手裡發出一陣藍白色光芒。

被光芒照射到的梅嘉梅加神一如既往地變成青蛙。

「啊、這青蛙是稀有品種喔～莫名有種賺到的感覺喔～」

「梅嘉梅加神，假如妳只是來搗蛋的話，就麻煩妳先請回吧……」

即便承蒙過她的照顧，但瞧她老是這麼不正經的模樣，總會降低我對她的信仰。

「朕先聲明一下，我們並非強行把祂關入地底下，而是同意讓祂統治一部分的地底，任由祂在那裡想做什麼都行。至於所謂的封印，就是以免兩邊的世界互相干擾的屏障。」

「意思是這道屏障遭到破壞啊。」

「畢竟我們當年沒料到城市會開發至地底如此深處。」

梅嘉梅加神偶爾會吐出她的青蛙舌頭，害我不時會分心。

「那個，根據您的說法，這位古神應該沒有那麼危險吧？畢竟諸位神明是以和平的手段把祂封印吧？」

佩克菈宛如緊抓住一絲希望地向仁丹提問。

「話是這麼說沒錯，但距離當年已過了很久，無人能肯定祂目前在想些什麼。外加上地底的智慧生命體是由祂統治，那些生命體跑出來會非常不妙。」

仁丹輕描淡寫地在話語中透露出一個驚人的情報。

「仁丹，意思是有其他人種住在這片地底之中嗎……？」

這件事我還是第一次聽說。就某種角度上而言，此資訊帶來的震撼與神明遭封印一事是不相上下。

「朕無法確定能稱之為『人種』，原因是它們的外觀與各位相去甚遠，儘管就只是朕的預測——總之一般民眾見到它們很可能會失去理智。」

整件事莫名演變成像是哪來的驚悚片！

「聽起來類似於克蘇什麼神話囑～」

梅嘉梅加神說出唯獨我才有辦法聽懂的吐槽，但我同意她的說法。

所以這片地底下擠滿了我們無法想像的生物嗎……？

「那個～方便請教一個問題嗎～？」

佩克菈怯生生地舉手發問。

「根據妳們的說明，世上還有其他神明存在，所以祂們有在幫忙阻止這場浩劫嗎？」

對了，除了眼前的兩位女神以外，我並不認識其他神明。

只要眾神同心協力的話，應該有辦法擺平此事吧？

「就是說啊，按照妳剛剛的講法，與古神同世代的眾神到現在仍位居第一線，只要有祂們幫忙就等於如虎添翼。」

仁丹突然將目光瞥向一旁。

「…………其他神明堅稱此事的責任不在祂們身上，或是不該由祂們介入，決定就這麼置身事外。」

這些神明再任性也該有所限度喔！

「最終就由旁邊的女神大人跟我這隻小青蛙負責搜尋古神，只可惜到現在仍一無所獲嘓。」

梅嘉梅加神，妳這麼說就等於宣布自己原本是一隻青蛙喔。

總之，做人就該保持樂觀的態度。既然眼前這兩位女神願意幫忙，至少情況算是對我們稍稍有利。

對了，有一個問題直到現在都尚未得到解答。

「仁丹，這位古神叫做什麼名字？」

根據方才的內容，世上似乎存在著許多神明，如果這位古神有自己的名字，還是以名字來稱呼會比較好。

而且搞不好能在旅館的顧客名單裡找到這個名字。不管怎麼說，祂好歹不會以古神這個名稱來登記入住。

「名字嗎？那傢伙叫做蒂嘉利托斯提。」

「這名字還真饒舌耶……」

我看還是稱呼祂為古神算了……

◇

隔天，我們為了找出古神蒂嘉利托斯提而兵分多路，在地底都市悠絲托斯展開搜索。

話雖如此，因為祂能自由改變容貌，所以僅憑外表是不可能找到的。

外加上這裡是魔族國度，走在路上的人們有著各種樣貌。如果換作是人族為主的都市，好歹外貌的變化相對較少，能更容易追捕模樣奇特的存在……

「別西卜，那位魔族的角不會太長嗎？」

「角達到那種長度的大有人在。」

「那位牛頭人的頭不會太大嗎？」

「純粹是體型問題，至少小女子沒有只因為頭長得比較大就要求對方配合調查的勇氣……有可能當事人也很在意這點……」

「那位魔族的尾巴不會太長嗎？」

「尾巴像那樣垂在地面，經常會因為摩擦過度而發疼，想想尾巴太長也頗令人困擾……」

魔族的外貌都太有個性，完全無法單憑這點找出古神。

「果然要從路人之中找出長相怪異的傢伙實在太勉強了。」

「是啊，但假如古神目前仍潛伏於市區內，我多少可以理解為何沒有引起騷動。」

別西卜露出「此話怎說？」的表情。

「因為不管長相如何，大家的第一個反應就是選擇接納，對於過度特立獨行而離開眾神的古神而言，這裡也許是個很舒適的環境吧。」

感覺古神遭封印的遠古時代裡並不存在類似於現今魔族的種族，搞不好祂還會認為此世界在不知不覺之間變得很接近祂的理想吧？

「假如真是這樣就好了……話說這個古神真會給人添麻煩，要是祂無意惹麻煩的話，大可直接公告天下就好啦……」

對身為魔族大臣的別西卜來說，這應該是她的肺腑之言吧……

「上午的搜查行動可以當成是無功而返，等到下午就來執行主要的作戰計畫吧。」

「主要的？」

「找出繪畫技巧特別差的傢伙。悠絲托斯各處都在舉辦畫圖比賽，相信古神在上午好歹有繪製出一幅畫才對！」

明明這場搜索行動還得到神明的幫助，可是計畫漏洞百出到令人很想吐槽……

中午──

我們來到地底都市悠絲托斯的行政大樓，聚集在其中一間會議室內。

悠絲托斯各處都有舉辦繪畫比賽，每場比賽的參賽作品陸續送來這裡。

「『悠絲托斯街景畫比賽』、『母親肖像畫大賽』、『地底都市官方吉祥物設計比賽』、『繪製畫作即可打八折！』……為了讓古神願意畫畫，還真是無所不用其極耶。」

但我相信古神應該沒有母親，所以母親肖像畫大賽肯定行不通啊。不出所料，都是些孩童繪製的作品。

「街景畫的作品都好平庸～完全無法從中感受到才華，又不是只要交出一張風景畫就好了。」

佩克菈的評論還真毒辣……難道身為魔王也得擁有很高的藝術修養嗎？

「魔王陛下，吉祥物設計大賽的作品也很微妙。尤其是這幅，根本只是讓一顆圓球長出如木棒般的四肢罷了。真希望這些參賽者能夠明白，設計吉祥物並非構圖越單純就越好。」

魔族組全擺出一副認真評審的態度，這也太奇怪了吧。

話雖如此，也有其他成員的反應已偏離此次的行動宗旨。

「『繪製得很細心，上色相當有獨創性』——評語差不多就這樣吧。下一幅作品是……」

「萊卡，不必每一幅作品都寫上評語！畢竟這不是我們負責的工作！」

萊卡將認真的態度用錯地方了。

「嗚哇，這已屬十八禁了。因為有礙觀瞻，我直接扔掉囉。」

「投稿作品時也該要顧慮場合。無論在哪個時代裡，總有笨蛋以為只要有腥羶色就是藝術。想想在眾神之中也有這種傻子。」

我開始擔心兩位神明是否有好好完成分內工作。

真要說來，她們太專注於評論參賽作品了。

「要透過這種方式找出畫工超差的古神，果然還是太勉強了……」

單單從自由參加這點來看，基本上只有擅長或喜歡繪畫的人才會來報名比賽，至於不善繪畫之人還肯來挑戰的可能性就會偏低。

不得不說這個計畫打從根本就有缺陷。

如此心想的我翻閱著自畫像的參賽作品。這些作品都畫得不錯，而且總感覺參賽者有稍微自我美化。

但我看到一半便停下動作。

在討論好與壞之前，此作品就只是隨手在紙張畫上線條罷了。

「咦，這是什麼？抽象畫？現代藝術？」

還記得前世去參觀美術館的現代藝術區時，現場展覽的全是些畫上各種圓圈或四方形，要不然就是將顏料亂灑在上面，令人完全不知該如何欣賞的作品，而這幅畫算得上是同類。

印象中，這類作品很容易被冠上「作品1」或「作品A」等就連標題也十分抽象的名稱，難道這其中存在著非得這麼做不可的潛規則嗎？感覺上這種人為了追求獨創性，反而因此失去獨創性。

魔族的世界裡也存在著這種類型的畫作嗎？

「吶，佩克菈，這種畫作也能算是藝術嗎？」

我把作品拿給似乎很懂藝術的佩克菈看。

「這不是藝術，姊姊大人。」
佩克菈看完隨即擺擺手。
「裡頭的線條帶有迷惘，純粹沒能形成一幅畫。這幅畫既沒有中心思想又毫無力度，能否稱之為畫作都有待商榷。」
她的評語出乎意料地相當殘酷……我是覺得不必批評得那麼狠……
或許佩克菈曾聽人說這就是藝術，並為此感到很火大吧。
而且這幅畫是投稿自畫像比賽，這哪裡算得上是自畫像呀？是當事者眼中的自己嗎？還是想藉此表達自身的內在嗎？
「唔！亞梓莎大人，這兩幅畫都出自同一位作者嗎？」
萊卡也拿出一幅只充滿凌亂線條的畫作。
「嗚哇，真糟糕……那幅畫的標題是什麼？」
「標題是『希望未來的魔族世界會變成這樣』。」
「這位作者理想中的未來也太可怕了吧！」
「喂，亞梓莎！妳看看這兩幅畫的作者叫什麼名字！」
被別西卜提醒後，我看向姓名欄。
「那個，我幾乎看不懂魔族的文字喔。」
「妳錯了，那上面寫的不是魔族文字。」

咦？難道說？

聽史看了那些文字之後開始跳來跳去。

蜜優也隨即走過來。

「太扯了！是跟黏土板上相同的文字！」

會寫這種文字的人，天底下恐怕就只有一位。

「而且這是神明專用的特殊文字，所以不可能有人知道該怎麼發音喔～」

「讓朕看看！」

仁丹立刻確認姓名欄。

「上頭以遠古文字寫著蒂嘉利托斯提，就是這傢伙！」

完全就是古神的名字！

「有填寫住址嗎？也許能藉此查出祂在哪裡！」

仁丹開始檢查畫作的背面。

「上頭寫著『約定山丘旅館 505 號室』，真有這個名字的旅館嗎？」

「那是位於地底都市悠絲托斯高臺上的頂級旅館～即使是最便宜的單人房也要價七萬柯努幣。」

佩克菈解釋道。

這下終於查出古神的所在位置了。

「看來任何計策都值得嘗試看看呢……」

萊卡露出既佩服又無言的表情如此低語。

「還真是只要能得出結果就好。」

◇

我們馬上趕往那間旅館。

並向旅館經理確認這位住宿者的相貌。

經理給出的回答是「這人的長相就像是一幅畫得超醜的畫」。話說身為旅館經理實在不該這麼批評顧客。

在我們深入追問後，經理表示此人無論是容貌或身體，全都凌亂到會令人覺得不安，而且外表還會隨著日子稍稍產生扭曲。

於是我們將那幅醜到不知在畫啥的自畫像拿給經理看過之後，他立刻回答「此人就是長成這副模樣」。

「意思是這位神明的自畫像畫得很好囉～」

梅嘉梅加神得出一個奇怪的結論。

「好～！那人家現在就去跟祂較量一下！」

「等等，芙拉托緹，這太危險了！至少先制定對策！」

經理表示這位顧客都是請人把早餐送進房間裡，因此最終我們決定趁著送飯時下手。

「若是現在衝進去讓祂跑掉的話，入夜後將會很難搜索，因此趁一早最鬆懈的時候再動手吧。」

從神明口中聽見這種作戰計畫，莫名給人一種小頭銳面的感覺……

◇

在返回旅館好好養精蓄銳過後的隔天一早。

我們便前往古神居住的套房。

話雖如此，並非所有人都從門口進入，兩位龍族少女、別西卜以及佩克菈是位於旅館的窗邊待命。

一旦古神破窗逃逸的話，就能交由窗外組幫忙追蹤。

要從房間門口進入的是我和兩位女神。

我們三人慢慢地沿著走廊前進。

「唔～……感覺好緊張……」

對手可是嚇人的神明，天曉得祂到時會做出何種行動。

「放心，亞梓莎小姐，以繪畫技巧來說是妳比較優秀喔。」

這種時候開口糗我也沒有任何意義。

「那個，梅嘉梅加神妳並不認識蒂嘉利……並不認識這位古神嗎？」

因為名字過於特殊，害我忘了怎麼稱呼。

「畢竟我不是從創世當初就存在於這裡～但既然是仁丹小姐的同事，力量方面差不多就與仁丹小姐程度相同。」

仁丹聽完面有慍色，不過照理來說是這樣沒錯。

如果古神的實力當真和仁丹具有相同程度，那現在有仁丹跟姑且打贏過仁丹的我在這裡，基本上應該是頗具勝算。

「蒂嘉利托斯提是個狡猾的傢伙，無法肯定祂會做出什麼行徑，因此切莫大意。另外——假如祂身處地下時一直有在累積力量，也有可能會變強到所向披靡。」

嗯嗯，仁丹說得對，太小看對手會很危——先給我等一下，這段發言很嚇人耶！

「妳說祂累積力量會變強是什麼意思!?為何現在才講？」

「妳這話說得真奇怪……祂本來就有可能在朕所不知道的時候變強！即使祂被封印也並非時間遭到凍結，當初就只是讓祂無法來到地表而已……」

「好啦好啦～我們已經抵達房間門口囉。」

啊、這麼快就抵達目的地了……

梅嘉梅加神一派輕鬆地敲了敲門。

「早安~您的早餐已經送來了~」

當然我們沒有準備任何早餐。

身為神明竟然隨口撒謊，這樣真的好嗎？更何況被騙的也是神明，這樣真的好嗎？

究竟會是什麼樣的神明出現在眼前呢？

我感到非常不安。

生硬地嚥下口水。

房門緩緩打開。

出現在面前的是——

——史萊姆。

「咦……？這是……史萊姆吧……？」

映入我眼中的是一隻史萊姆。

不過它的身體呈現銀色，所以算是有別於一般品種。

「喔～窩在妳眼中是一隻史萊姆嗎～？」

狀似史萊姆的生物發出聲音。

「請問是你在說話嗎……？感覺你與入住旅館時的模樣好像不太一樣……」

我對眼下的狀況是一頭霧水。

「Oh～Ya～！因為先前那副外表經常換來『你是誰啊？』的反應，所以我就把身體變成其他模樣囉～！」

祂說把身體變成其他模樣，表示祂就是古神蒂嘉利托斯提嗎!?

話說回來，祂為何要使用這種怪腔怪調的方式說話……？

「對了，妳們能聽懂窩的話嗎～？窩是第一次見到各位，在語言上不太有自信喔～」

難道說……這就類似於小穆說話時聽在我耳裡是關西腔的現象嗎!?

「喔～～由於古神許久未跟這個世界有任何接觸，因此說話才變成這種怪腔怪調囉～」

既然梅嘉梅加神這麼解釋，那應該就是這樣吧。

「喔～妳知道窩是神嗎～？妳是誰捏～？」

「I am 梅嘉梅加，My job is a God。」

別用英文回答啦！對方又不是哪來的外國人！

「I like frogs very much。」
因為經常被變成青蛙，於是就變得喜歡青蛙了！等等，這種事不提也無所謂吧！
「Oh～ amazing！」
為何古神有辦法用英文回應!?
「那個，這位神明……請問你為何會變成史萊姆的模樣呢？」
感覺靠自己能更快得到解答，因此我開口提問。
「窩可以任意改變外表～於是曾複製過此世界居民的容貌，不過大家給出的反應都很奇怪～因為窩覺得問題出在自己的品味，所以進行過各種嘗試喔～」
話說回來，能看見畫有各種詭異圖案的大量紙張散落於房間深處的地面。
事實上如果不形容成是圖畫，我還真不知道那些是什麼……
「由於這種名為史萊姆的生物在構造上十分簡單，窩想說自己應該有辦法複製，因此剛好正在嘗試喔～！」
原來是這麼一回事！
「原來如此原來如此～雖然這位神明能自由改變外形，偏偏毫無藝術細胞，即使想變成魔族卻化身為來路不明的存在，於是祂決定嘗試看看外表構造最為單純的史萊姆。像這樣搞清楚之後，根本是個不值一提的謎團呢～」
梅嘉梅加神以無比草率的方式做出總結。

「Excellent！That's alright！」

在我聽見銀色史萊姆給出如此回答時，我心中的緊張感已蕩然無存。

「話說各位怎麼會知道窩住在這裡呢？還真是神奇呢～」

確實看在古神眼中，我們是一群莫名掌握到祂的下落便突然登門拜訪的可疑人士。

「這是因為我們發現你的封印被解開了！」

仁丹站在古神的面前。

比起讓梅嘉梅加神代表發言，交給仁丹應該會比較省時。

我想只需梅嘉梅加神一半的時間就足夠了。

「好久不見啊，蒂嘉利托斯提！還記得朕嗎？身為地底世界支配者的你若是擅離崗位會很危險——噗呼！」

「Oh～ No～！」

史萊姆古神就這麼一口氣朝著仁丹的胸口撞過去！

只見仁丹被這一下撞得四腳朝天。

「仁丹看起來好像在生氣～！好可怕～！這種時候就是先逃先 victory～！」

銀色史萊姆站穩腳跟向後一轉（史萊姆是否有腳跟就不得而知了），從窗戶跳了出去。

「糟糕！被祂溜了！」

「妳不能這樣啦，仁丹小姐，若是讓對方以為妳要傷害祂，祂當然會立刻逃走囉～妳還真不會與人相處呢～」

「就算妳這麼說，要是祂讓地底那些奇妙生物來到地表的話，事情終歸會一發不可收拾喔！一旦出事可不是堅稱自己不知情就能善了喔！」

「關於我對古神的第一印象，總覺得祂不是這麼黑心腸的神。」

「妳說說史萊姆的腸子長在哪！況且有時就算不是壞人也會惹出問題來！」

拜託兩位女神行行好，別挑在這種緊要關頭起內訌啦！

我快步來到窗邊，能看見別西卜等人就站在旅館的庭院裡。

於是我對著她們大喊。

「有看清楚剛剛那隻史萊姆跑去哪嗎!?」

「什麼？那隻銀色史萊姆是新品種之類的嗎？話說回來，現在沒空理會史萊姆這等小事吧。」

糟糕，她們都沒發現那就是古神。

但想想她們並不知道史萊姆就是古神，出現這種反應也是情有可原。

「那隻史萊姆就是古神！麻煩妳們別下重手追捕祂！並且盡可能別刺激祂！」

我想試著相信——古神並未心存惡意想摧毀這個世界。

如果祂真有這種可怕的想法，早就已經付諸實行，理應不會像之前那樣對我們進行自我介紹。

「主人，意思是不可以找祂一決勝負嗎？」

「妳絕對不能這麼做喔，芙拉托緹！」

假如有人一照面就對自己下戰帖，任誰都會覺得來者是個瘋子。更何況對方是神，沒人能肯定芙拉托緹在與祂交手後可以全身而退。

「看來朕也必須加入這場追捕行動！」

仁丹一把抓住我的手——下一秒就拉著我從窗戶往下跳！

「嗚哇啊啊啊啊！妳也太胡來了吧！」

「反正只是從五樓跳下去，根本就摔不死人啦。」

不過這舉動終究太莽撞啦。

「姊姊大人，史萊姆向那片未開墾區域跑去了！」

「我知道了，佩克菈！謝啦！」

我、仁丹以及梅嘉梅加神拔腿飛奔。

此時忽然有一道黑影覆蓋在我們的頭頂上。

是萊卡化成龍形飛翔於地底都市內。

此處不同於地表，並不是在戶外就會與天空相連。看萊卡的頭好像就快撞到上側岩壁，但似乎並不影響飛行。

「亞梓莎大人！史萊姆是朝著這個方位筆直前進！」

「嗯！接下來就交給我們吧！」

目前還不清楚古神的實力達到何種程度，由於有可能發生戰鬥，因此不能讓萊卡等人接近。

眼下就交由我跟本該負責處理此事的兩位女神來應對。

當我們推開掛有禁止進入標語的門扉走進去之後，一大片荒野再次映入眼簾。

現場卻沒看見任何手持十字鎬的魔族們，想來這裡是尚未安排開墾計畫的區域。

前方有一隻銀色史萊姆。

「Oh～！妳們追來了呢～！」

「那個，古神，讓我們坐下來好好談！這件事只要大家坐下來商量就能解決了！」

不過史萊姆如飛箭般衝了過來。

並且再度撞在仁丹的肚子上。

「噗呼！為何老是針對朕……真叫人難以接受！」

仁丹被撞得單膝跪地。假如仁丹打不贏的話，這名古神就是相當難纏的強敵……

「至少窩能看出仁丹在生氣～！這種時候是先逃先 victory，所以窩非逃不可～！」

「就算朕原本沒生氣，被你這麼對待後也會動怒……而且……竟然完全沒有手下留情……」

「妳果然在生氣～！」

史萊姆再次逃亡。

「等等，等一下！拜託你先別跑！」

我卯足全力追了上去。

「窩得趕緊挖洞逃進地底～！只要進入地底就不會被逮到了～！」

意思是一旦在這裡開洞，模樣不可名狀的生物將會從下面大量湧現出來嗎？

無論如何都非得阻止祂不可……

「若是沒能 victory，就會變成 loser 喔～！」

史萊姆這次撞向梅嘉梅加神。

儘管祂想逃跑，卻秉持著得迎戰追擊者的理念。

「雕蟲小技！」

梅嘉梅加神以雙手由內向外一推，成功將攻擊反彈回去。

「喔～真不愧是梅嘉梅加神！」

「哼哼哼，這點程度的小事難不倒我。」

梅嘉梅加神露出得意洋洋的表情。

「而且……我只能做到這點程度的事情。」

語畢，她便雙腿一軟當場跪下。

「好痛喔……我的手一直在發疼……」

「既然妳貴為神明，好歹再多點活躍的表現啦！」

「安啦，反正眾所期待的希望之星還沒退場呀。」

梅嘉梅加神伸手指著我。

「那個，像這樣伸手指著別人的臉很沒禮貌喔。」

「接下來的事情就拜託亞梓莎小姐妳囉。」

……最終還是演變成這樣。

不過若讓古神溜掉的話，世界將會陷入混亂。

事到如今已別無他法了。

「那個，史萊姆神，我們無意傷害你，請和我們坐下來談談吧。」

「問題是仁丹在生氣，她那張表情是即使嘴上說『有什麼事儘管說，朕不會生氣的』，最終卻仍會發飆的模樣～」

仁丹確實有著這樣的一面……

「撇開仁丹不提，你可以相信我！其實我不太會對人發脾氣，而且處事風格是會盡量與對方找出兩全其美的解決之道……」

「但窩並不知道妳是誰～」

這麼說也對。

「我是高原魔女亞梓莎，那個……今後請多多指教！」

這情況莫名像是轉學至新班級裡跟新同學們打招呼。

「窩還是不太清楚妳的身分，不過妳是仁丹的 friend 吧～？那窩並不想跟妳扯上關係～！」

「我能理解你想表達的意思，但還是請你通融一下！因為你接下來的舉動很可能會造成世界大亂！」

「要是妳不讓開的話，窩就只能訴諸蠻力囉～！」

銀色史萊姆衝了過來！

畢竟祂不是真正的史萊姆，我會產生以下感想是理所當然，畢竟這速度已然超出我對史萊姆的認知，而且攻勢無比犀利。

「嗚哇啊啊啊啊啊啊！」

我一個側身躲過攻擊。

原本遠離我的史萊姆又飛了回來。

看來祂打算對我造成些許傷害之後再繼續逃跑。

雖然這麼講有點不太對，但我應該慶幸祂沒有順勢溜掉。

「居然有辦法躲開窩的攻擊，妳似乎是一名身手挺好的神明呢～！」

「你誤會了，我不是神明，而是想享受慢活人生的魔女。」

儘管這局面與慢活二字是八竿子打不著，反正表達自我主張也沒啥損失。

「那窩就繼續攻擊囉～！」

史萊姆展現出非比尋常的速度，而且途中還把本來圓滾滾的身體變成刺球狀。

假如這世上有終極史萊姆，我想就是眼前這隻吧。

但我再次躲過攻擊。

「真虧她有辦法閃開耶……」

至於梅嘉梅加神則是在一旁大喊「亞梓莎小姐真帥氣～！」，如果有空聲援的話，我反倒希望她能過來支援。

「能力值達到世界頂尖的亞梓莎小姐果真不是浪得虛名！讚喔～！竟然能連續神閃避！因為妳成功閃避神的攻擊，所以這就是真正的神閃避！」

「老實說，我不是靠判斷來閃躲攻擊……而是身體自行做出反應……」

就算能力值再高，像這樣在毫無自覺的情形下躲過攻擊，理應與能力值或魔法無關。

既然如此，這是怎麼回事呢？

「亞梓莎小姐，是因為那個啦。」

「妳說的那個是哪個？梅嘉梅加神。」

梅嘉梅加神肯定是明知故犯地說得不清不楚。

「因為妳不斷打倒史萊姆，所以身體已經記住該如何應對了。」

「咦？真有這種事……？不會吧……」

「就是有這種事！只要對手變身成史萊姆，行動模式理應也會受限於史萊姆的軀體！如此一來，妳就能預測出對手的行動！」

說句心底話，我無法坦率相信梅嘉梅加神的這番言論——

偏偏我接連成功閃躲攻擊又是不爭的事實。

「妳的動作很快嘛～不過窩好歹是神明～！接下來絕對會擊中妳喔～！」

古神史萊姆無所畏懼地如此誇口——

但接下來的攻擊還是被我接連躲掉了。

這是為什麼……？與其說我預測出對手的攻擊路徑，不如說是提前感應到敵人會從哪裡攻擊。

不知何時，仁丹已重新站直身子。

「哇哈哈哈哈！即使強大如你，終究無法戰勝已然超越神明，身為最終兵器兼暴力裝置的亞梓莎！」

「少在那邊幫我亂取稱號！」

麻煩別擅自把我當成是哪來的怪物。另外母親被人稱作暴力裝置，感覺上對孩子的教育會非常不好……

「另外仁丹妳也快來幫忙啦。」

「我從未與史萊姆這種弱小的生物交手過，令我難以預測對手的行動，所以這次先pass。」

明明可以三人聯手，結果我卻被迫與敵人單挑……

「原、原來如此！我懂了！我跟仁丹小姐就是因為無法預測史萊姆的行動才吃了悶虧！畢竟這世上並不存在如此強大的史萊姆，才會讓對手占到便宜！古神現在就類似於『最強的最弱生物』這種無比矛盾的存在，導致身為神明的我們難以招架！」

「瞧妳解釋得頭頭是道，但肯定都只是瞎掰出來的對吧……」

「可是我相信古神奈何不了亞梓莎小姐妳！因為只要提到史萊姆，世人都會聯想到高原魔女！」

「並沒有這種事。」

總覺得這只是為了把麻煩事硬塞給我處理的藉口。

但是面對史萊姆的猛攻，我零失誤地接連躲開又是不爭的事實。

「咦、奇怪捏～……I can't understand！」

在我連續閃躲三十次攻擊之後，史萊姆停下動作。

「窩已經受夠了！這次非擊中妳不可～！繼續加速～！」

史萊姆以迅雷不及掩耳的速度飛射過來。

我的身體卻不知為何做出反應。

其實我根本看不清楚對方的攻擊動作，因此把這想成是自己展現出原有能力以上的力量會比較妥當。

我扭動身體閃過攻擊——

同時針對史萊姆的弱點輕輕揮出一拳。

事實上就連揮拳也是下意識使出來的。

因為這一拳直接命中銀色史萊姆，只見祂就這麼一頭撞進土裡。

現場隨之揚起一陣沙塵。

「……看來我已變成史萊姆的剋星了。」

這一切全拜三百年來的經驗所賜。

在與強悍的史萊姆交手後，讓我首次體認到這件事。畢竟這世上並不存在強悍的史萊姆，其中的例外大概就只有武史而已。

「喔～幹得好！**史萊姆殺手亞梓莎**！」

「我就知道**史萊姆殺手**一定能取得勝利！」

「別以為兩人口徑一致，就能幫我取這種奇怪的稱號！」

話雖如此，我的語氣聽起來有些開心。

原因是我在戰鬥中確實取得優勢，對手若是願意投降就能解決這起事件！

待煙霧散去後，能看見位於該處的史萊姆。

因為祂是史萊姆，讓人看不出祂是已經受傷或毫髮未損。

「妳真厲害呢～amazing！」

「那個～希望你能乖乖認輸，冷靜下來聽我解釋——」

「不過根據方才的對話，只因為妳是史萊姆的剋星才令窩陷入苦戰～！反觀窩能變身成各種形體～！那窩只需換個外形就好囉～！」

啊！這樣將導致我對戰史萊姆時獲得的能力加成全數失靈……

「糟糕！情況變得非常棘手！」

「沒想到弱點竟被人看穿了……」

「那是因為有兩位女神在一旁多嘴！」

糟了……居然一瞬間就陷入危機……

「窩就變成這世界裡名為魔族的人種吧～！」

古神原本的史萊姆外觀漸漸產生變化！

伴隨一陣光芒，只見祂的身體由嬌小的史萊姆逐漸變大——

化成一隻歪七扭八看不出是什麼的東西。

除了看不出是什麼這句話以外，我實在想不到其他形容詞。

雖然祂背上有一對狀似翅膀的東西，但又直接插進土裡，全身上下還長出好幾條很像是尾巴的條狀物……

如果講好聽點，就類似於追加諸多要素的合成獸，不過這麼說又對合成獸很失禮。

「哼哼哼，窩變成魔族囉～！」

我相信這世上並不存在這種魔族。

「蒂嘉利托斯提啊，你的變身能力到現在仍只有這點程度呀……你到底是多笨拙！在造型設計方面的天分簡直是近乎絕望！」

對吼，想想完全沒人能看懂祂的作品是在畫些什麼……

「窩就以這個軀體應戰～！等到趕跑妳們以後，窩要自由自在地在這裡生活～！」
我得與這種看不出是啥的噁心東西交手嗎？
「儘管我並不想與你戰鬥，但若要打就放馬過來吧！」
…………
…………
蒂嘉利托斯提不知為何遲遲沒有動作。
「咦？難不成是在累積力量？電玩頭目常見的行動模式？」
我再次提高警覺。對於這類情形，常常是先攻擊的人反倒會被狠狠修理一頓……
那麼，儘管放馬過來吧！

「窩動不了～」

古神語氣窩囊地說著。
咦？真的假的？可以相信祂嗎？
「因為腦中的想像圖過於拙劣，導致祂無法像生物那樣行動，就只是成了一件擺飾。」
仁丹大步流星地走上前去。

接著變出耀眼的發光繩索把那頭怪物五花大綁。

「窩被綁住不能動了～！」

「那是因為你本來就動不了，而現在則是無法變成其他模樣逃走了。」

於是乎，我們成功捕獲古神。

◇

在確認沒問題之後，我便把別西卜、佩克菈、萊卡、芙拉托緹、法托菈、蜜優以及聽史都找過來——

他們一見到古神都認真以為是哪來的怪物而嚇壞了。

因為古神仍維持那副鬼畫符的模樣。

「亞梓莎大人，這根本是哪來的邪神……總覺得今晚睡覺時會夢到祂……」

「像這樣看個仔細後會得出如此感想也是無可厚非。」

「感覺祂摸起來會黏黏的。」

「芙拉托緹妳也不想跟這種東西較勁吧。」

在終於能坐下來好好談一談之後，我們向古神詢問各種問題，也會反過來為祂解惑。

光。

解開封印來到地底都市悠絲托斯的古神蒂嘉利托斯提，決定暫且先待在這裡觀

至少祂完全不打算向仁丹等眾神或這個世界進行報復。老實說當祂住進旅館的那一刻起，基本上就能看出這點。

「話說回來，古神有魔族的貨幣嗎～？那間旅館的價格並不便宜喔～？」

雖然佩克菈的問題實在無關緊要，但想想還是挺令人好奇的。

「窩知道只要造出這種亮晶晶的東西就能擺平一切，於是造了很多喔～」

古神腳下的地板忽然變成金塊！

「窩可以讓土壤變成金屬～當窩把這個交給櫃檯人員之後，對方說窩想住多久都沒問題～」

此神居然活脫脫就是個鍊金術……

總之我們拜託古神，千萬別讓祂打造出來的神祕生物世界與這個世界相通。而這也是此次事件的癥結點。

古神兩三下就答應了我們的請求。

原因是古神無意破壞這個世界，所以才這麼好商量。

聰史在鍵盤布上跳來跳去提出問題。

「聰史想請教世界底部的居民們具體而言是何種存在～」蜜優代為發問。

「這問題並不容易回答耶～就是窩製造出來的各種酷帥生物們一起開心地生活在那裡～」

我一聽就察覺出真相了。

那裡肯定充滿許多會害人一看就喪失理智的生物……就算那些生物毫無惡意也不能與之接觸。

我看還是別前往世界底部吧。

畢竟這世上終究存在著不可窺視的禁忌。

「那麼，關於古神蒂嘉利托斯提的處置，仁丹小姐有何打算呢？」

梅嘉梅加神開口詢問仁丹。

因為古神終歸是神，由神來處置才合情合理。

「這個嘛～……既然封印被解開也是莫可奈何，把祂留在身邊管理總是比較能讓人放心……」

「仁丹小姐還真傲嬌呢～妳就坦率承認願意讓祂名列於現今的眾神之中就好了嘛。」

「住口，**給朕變成青蛙**。」

梅嘉梅加神又變成青蛙了……

「那麼，蒂嘉利托斯提，你就隨朕走吧。你對此沒意見吧？」
「窩很高興～！因為窩想學習這裡的各種新事物～！」
起先還擔心會變成怎樣，幸好最終是圓滿落幕。
「恭喜你喔，蒂嘉。」
「喂，那隻青蛙……妳說的蒂嘉是什麼意思？」
「因為蒂嘉利托斯提這名字太拗口了，所以簡稱為蒂嘉。」
「窩覺得這稱呼不錯喔～」
古神的稱呼就此拍板定案為蒂嘉。儘管我挺擔心以這種類似對待鄰居的方式來稱呼祂是否恰當，不過世間幾乎沒人知道祂的名字，所以應該不要緊吧。
話雖如此，眼下似乎還有其他問題得處理。
只見仁丹露出一個微妙的表情。
「朕完全不想帶著這副模樣的你到處跑，希望你能具有正常點的外表……」
說得沒錯！
祂若以這身模樣出現在民眾面前，大家絕對會誤以為是邪神現世而亂成一鍋粥。
就在這時，我想到一個好點子。
「其實我們手邊有一大堆選擇呢。」

一小時後——

蒂嘉指著一幅畫作，而這正是地底都市悠絲托斯舉辦的『原創角色插畫大賽』其中一件參賽作品。

想當然耳，這是為了搜索蒂嘉所舉辦的比賽之一。

「窩決定將古神獎頒給這幅作品的畫家～！」

蒂嘉目不轉睛注視著該幅畫作。

接著祂那有礙觀瞻的身軀開始發光並產生變化。

不久後，與畫中人物一模一樣的神明就站在該處。

蒂嘉頭上戴著一頂大帽子，身穿十分符合神明風格的寬鬆白色長袍，並且擁有一頭亮綠色的秀髮。

「嗯，這模樣就很有神明的感覺了。」

「確實這副軀體容易行動多了呢～」

雖說當真經過一番折騰，但幸好最終有得到回報。

「吶吶～～蒂嘉小姐，該說我身為一名賢者對世界底部很好奇嗎～而且我相信還有許多黏土板尚未出土喔～」

嗯，此事對蜜優而言是無論如何都想解開的謎團吧。

「Alright, alright！關於此事——唔唔！」

仁丹一把摀住蒂嘉小姐的嘴巴。

「朕日後會以委婉的方式替妳解惑，理由是讓這傢伙直接回答，恐怕會害人理智全失。」

誰叫那世界裡充滿許多方才所見的那種怪物……

我認為過度的好奇心有時會引火自焚，希望大家共勉之。

前往蘋果品種改良展覽

She continued destroy slime for 300 years

別西卜寄了一張邀請函給我。

順帶一提，魔族的邀請函並非意味著「歡迎前來」，而是具有「給我過來」的意思。

邀請函

我們準備舉辦蘋果的品種改良展覽，記得帶全家人一起過來參觀。地點位於范澤爾德城郊外，可以從城堡搭乘馬車前往。

還記得之前駕駛奇怪的魔導器踏上旅程時，終點是名爲艾佛克的城鎮吧？會場就在那裡。

別西卜

難得看她舉辦這種符合農業大臣分內工作的活動。裡頭註明的活動期間剛好大家都有空，我就帶家人們一起去參加吧。

倘若這個活動的內容艱澀到讓人難以理解，芙拉托緹恐怕會嫌無聊，不過按照魔族的性格，相信又會在活動裡增添各種花樣，反正至少能品嘗蘋果才對。

如此心想的我，帶著全家人來到范澤爾德城，再從那裡搭乘別西卜幫忙安排的專屬馬車前往會場。

「速度好快……明明之前駕駛魔導器過去可是花了三天兩夜……」

雖然稱之為馬車，不過拉車的是比西摩斯。

「因為那些魔導器一點實用性都沒有啊。」

由於別西卜也是受害者，因此她對當時的事情記憶猶新。記得那趟出遊還要價不菲……

「魔導器目前只運用在城內庭院的移動進行測試。」

「啊、意思是姑且有派上用場囉。」

魔導器看起來就類似於特攝片的怪獸，如果從此被封存於倉庫內，老實說我會有點難過。

那外觀無論如何都令人充滿夢想。

不過別西卜將食指抵在自己的脣瓣上，示意要我別說出去。順帶一提，此手勢在這個世界裡也適用。

「由於那東西花費了不少稅金，要是缺乏實績的話會被人說閒話，因此才會讓它在城裡亂走來當作幌子。關鍵就在於要讓外界以為開發有其意義……」

「關於這類幕後祕辛，我一點都不想知道……」

「因為魔族的體力都相當充沛，像這種短距離移動用的載具根本派不上用場……不知能否賣給人族國度……？比如說可以運用在偏鄉之間的移動，或是讓行動不便的老人使用也很適合吧？」

「妳這些想法是很不錯，但小女子擔心執行起來會衍伸出其他問題……假如妳真想這麼做，就直接找政要商量吧……」

總感覺這世界的科技水準會被魔族搞得一場糊塗，我可不想因此成為眾矢之的。

◇

在我們如此交談之際，終於抵達會場所在的艾弗克鎮。

我原以為是類似嘉年華那類的活動——可是入口處看起來瀰漫著更為嚴肅的氛圍。

「配色還真單調……就只有一塊白底黑字的看板而已。」

我看不懂魔族的文字，上頭大概寫著蘋果品種改良展覽這行文字，另外還敷衍地在角落畫了一個蘋果的圖案。

「這很正常啊，因為只有業界相關人士會來參加。諸如農家跟蔬果販售商，再來就是參與品種改良的大學教授與農業省的職員而已。」

別西卜露出一個「妳在說啥廢話？」的表情。

「等等，那妳為何叫我攜家帶眷前來參加……？」

既然是這麼講求專業的活動，就連我也沒必要來參加喔。而且我完全沒打算在家中種植蘋果樹。

「這還用問嗎？」

別西卜得意洋洋地挺起胸脯。

咦？到底是怎樣？難不成桑朵菈有說她想種蘋果樹嗎？

「這是為了讓女兒們親眼看見小女子努力工作的模樣！若是信裡只要求妳帶女兒們過來，難保妳會一口拒絕，所以才改寫成帶全家人來參觀！」

「我竟被這樣的小聰明給騙到了！」

該說別西卜越來越有魔族的風範嗎？總感覺她最近頗會耍心機的……

話雖如此，我家女兒們已從負責接待的魔族手中收下會場的導覽手冊。
「會場好大，真是太吸引人了。」
「對植物的相關研究還真先進呢～♪不知有沒有特別的蘋果呢～？」
「老是接受活體實驗長出甜美蘋果的蘋果樹還真辛苦呢，其實不小心長出美味蘋果會很吃不消喔。就像大多數的蘋果樹為了避免被蟲蛀會使用農藥，結果卻導致葉片內累積過多農藥，於是又得隔離出一些專門接受檢驗農藥的蘋果樹，想想還真是挺麻煩的。」
三位女兒之中，唯獨桑朵菈一如既往地以偏離常理的方式看待事物，但她們的共通點就是都對這場展覽很感興趣。
「……好吧，畢竟古神那場騷動剛結束沒多久，今天就同意讓我家女兒們看看妳身為農業大臣幹練的一面吧。」
「嗯，就算妳沒說，小女子也會這麼做的。」
今天就順著別西卜的意思去做吧。
會場是天花板特地挑高的寬廣展覽廳。
裡頭能看見以木板搭建的臨時攤位整齊地排列在一起。
「看起來很像是（我還在日本時參觀的）展覽耶……」

感覺上無論是哪個國家，都會把展覽會場設計成這樣吧。不論新聞在報導美國或中國的展覽時，差不多都是這種感覺，表示地球上的展覽幾乎都是以相同形式規劃。

「妳在說什麼啊？這就是一場如假包換的展覽喔，各農家與研究機構都會把與蘋果相關的研究成果帶來參加。雖說會場很寬敞，但空間就只涵蓋這麼一間展覽廳。反正沒有遼闊到會讓人迷路，妳們可以儘管四處參觀。」

別西卜剛把話說完，背後就傳來清脆的咀嚼聲。

聲音的來源便是正在試吃蘋果的萊卡和芙拉托緹。

「這蘋果甜美到非常可口，吞下後殘留於嘴裡的味道也很清爽。」

「蒿天喔，尊吼粗。」

手腳真快……果然兩位龍族少女在來到有提供試吃的地方就會發揮出真本事……

「……她們真會吃呢。不過有提供試吃的攤位多不勝數，她們可以儘管吃。」

別西卜對此情形也感到有些傻眼。

就在這時，法露法和夏露夏對試吃二字產生反應。

「別西卜小姐，請問這裡能吃到蘋果派嗎～？」

「夏露夏希望有蘋果醬，因為蘋果醬不只能塗在麵包上享用，其實還有許多其他用途喔。」

「嗯嗯，當然有囉～妳們大可放心，小女子有安排專門負責招待達官顯要的人手。要不然這樣好了，小女子立刻命人將剛出爐的蘋果派送過來吧！」

這傢伙居然公器私用！

別西卜露出一副暗爽的表情，希望她別過度溺愛我家的女兒們。

可是能品嘗到各種用蘋果製作的料理，感覺上也不是壞事。

相信別西卜也是基於這點才邀請我們來參觀吧。

「就像上週是杉樹品種改良展覽，整場下來一點意思都沒有……」

「聽起來的確沒什麼樂趣可言。」

「例如有人改良出花粉量是一般品種五十倍的杉樹。」

「根本是謀殺花粉症患者的生化武器吧！」

眼前的攤位剛好有擺放好幾杯看似是供人試喝的飲料。

杯裡裝有琥珀色的液體。

「啊，還有試喝的蘋果汁耶！那我就不客氣囉！」

方才搭馬車時因為完全沒喝東西，害我現在有點渴，這簡直來得正是時候。那我就一口氣喝光它吧。

結果味道是酸到不行。

「嗚哇！這好嗆！嗆死我了！」
「這是試喝的蘋果醋，如果喝太快會嗆到的。」
我完全沒料想到會有蘋果醋……
由於蘋果醋本身非常美味，因此家人們都給予好評。
「啊～真好喝～感覺這有助於醒酒呢。蘋果醋呀，這或許可以商品化喔。」
哈爾卡拉以『哈爾卡拉製藥』的社長身分給出評語，並將自己的名片遞給蘋果醋業者。
「沒想到這種活動也能談公事……看來社長在某種層面上是隨時隨地都在工作呢……」
像這種講求創新的工作，感覺非常辛苦且壓力很大。不過觀察哈爾卡拉的日常生活，似乎完全不會累積什麼壓力。
「哈爾卡拉好像還會花上一段時間，我們就先繼續參觀吧。」
相較於對待我家的女兒們，別西卜此刻的態度明顯冷漠許多，不過談生意或許真會耗費不少時間，因此這也是莫可奈何。若是我們一直待在後面看他們交談，難保對方會以為我們想做什麼……
話雖如此，哈爾卡拉單獨行動時總會伴隨闖禍的風險。
真要說來是她很可能會闖下比女兒們更嚴重的大禍。

「抱歉，羅莎莉，可以麻煩妳偶爾跟我匯報一下哈爾卡拉的行動嗎？」

「遵命！大姊妳們儘管去參觀！反正我無法吃東西，會幫忙看緊哈爾卡拉的！」

羅莎莉先是向我行舉手禮，隨後就飛到哈爾卡拉身邊。

既然這次的展覽是以蘋果為主題，表示現場應該會有各種試吃活動，所以監視任務就交由羅莎莉負責吧。

我尾隨於女兒們的身後走著。

法露法則緊跟在別西卜的後面，接著是夏露夏，再來是桑朵菈。

基於地點的緣故，今天就把表現的機會讓給別西卜好了。更何況我也不具備能幫忙解說的專業知識。

「別西卜小姐，這裡真的到處都是蘋果呢～♪」

「是吧是吧～♪由於魔族領土內的氣候都偏乾冷，恰好適合蘋果生長。小女子對於擴展蘋果的可能性也是不遺餘力喔。」

今日就讓別西卜風光得意一回吧。

跟在法露法後頭的夏露夏，伸手拍了拍法露法的肩膀說：

「姊姊，那裡有黃色的蘋果，是從沒見過的品種。」

該攤位展示著顏色一點都不像蘋果、整顆呈現黃色的蘋果。

由於一旁放有供人試吃的切片蘋果，因此那並非還沒成熟才對。

「啊～那蘋果是農業省的新品種開發部門花費大量時間——」

別西卜打算進行解說，我個人認為先試吃還比較省事。

「我開動囉～」於是我將供人試吃的一片蘋果放入口中。

隨後說出以下感想。

「這根本是柳橙的味道！」

明明有著蘋果的口感，吃起來卻是柳橙的味道……總覺得大腦陷入混亂……

「拜某位急性子所賜，小女子就簡短介紹吧。由於魔族的土地上很難栽種柳橙，為了讓民眾也能普遍吃到，因此才改良出這種柳橙味的品種。」

「品種改良有辦法這麼容易就完成嗎……？」

「小女子相信應該是費了一番苦心。不過這工作是由農業省裡專門進行研究的單位負責，所以小女子並沒有實際參與。」

法露法和夏露夏都露出大感不可思議的表情試吃著蘋果。

「啊、話說吃完之後，嘴裡會殘留些許蘋果的味道呢～」

「外觀是蘋果卻具有柳橙的味道，表示這蘋果在本質上是沒有味道。儘管上述一事無關緊要，但若是這味道在嘴裡殘留太久，柳橙味裡會參雜著蘋果味而產生奇怪的氣味……」

真是個難以理解的水果。

「唉，這棵蘋果樹似乎也承受過很嚴苛的活體實驗。」

「桑朵菈，妳這種解釋方式還滿嚇人的，麻煩妳說得婉轉點喔……」

隔壁的攤位上放有色彩無比鮮豔的紅色蘋果。

「嗚哇～看起來真漂亮～好像哪來的寶石呢～」

「法露法真是個感性的孩子呢～那是位在魔族領土邊疆的農家歷時許久──」

看別西卜又準備高談闊論，我便將試吃的蘋果放進嘴裡。

既然是紅色，相信味道和一般蘋果差不多──

結果差點把我嗆死。

「辣死我啦────！好辣！舌頭都麻掉了！」

「亞梓莎，妳太心急了！那品種是專為愛吃辣的魔族改良的！」

「沒人會想在製作辣味料理時添加蘋果吧！我完全無法理解這蘋果的用途！」

「儘管乍看之下是白費力氣，卻有可能在蔬果界掀起一場革命。基於此因，不能說這麼做是毫無意義。」

居然說出這麼有智慧的言論……也對，她畢竟是農業大臣……

想想這裡是魔族的領地，品種改良未必單純到只是讓味道變好，我看接下來試吃時最好當心點……

「唉，明明具有蘋果的外觀，實際上已變成其他物種，以人類來比喻簡直就跟遭受洗腦沒兩樣。」

「桑朵菈，麻煩評語再講得委婉點喔。」

拿人類來比喻的話，八成都會十分嚇人。

一如桑朵菈的比喻，接下來似乎也有各種超乎想像的奇特蘋果。

算啦，反正能避免讓人乏味也不失為一件好事。

當我們參觀一段時間之後，前頭傳來一股耳熟的詩琴聲。

只見庫庫在該攤位彈琴歌唱。

「你那裡已是蘋果花盛開的季節嗎～♪──啊、這不是亞梓莎小姐一家人嗎？好久不見！」

我揮手回應庫庫，並走向她所在的攤位。

「沒想到會在這場展覽中見到庫庫妳，原來妳在這裡舉辦小型演唱會呀。」

「不是的，因為我也有參與蘋果的品種改良，所以才在這個攤位上。」

「咦？吟遊詩人是以何種形式參與呢……？」

庫庫遞來一片蘋果給我試吃。

「請嘗一片看看。」

由於才剛吃完爆辣蘋果，令我心有餘悸，因此只稍微吃了一小口。

「吶，庫庫，我可以老實說出感想嗎？」

「好的，當然沒問題。」

見庫庫笑容滿面地點頭以對，我坦率地將感想說出口。

「真難吃！」

我皺緊眉頭大聲回答。

「真要說來是毫無味道，就跟吃白紙沒兩樣……」

我反倒想請教一下，究竟要如何改良才能夠栽培出這種味道。

「沒錯，這些蘋果是一直聽我唱悲傷的歌曲栽培出來的！」

居然將類似於播放古典樂給蔬果聽的種植方式付諸實行！

「還記得魔王陛下已開始分享她的魔法影音創作吧。」

「另外也有造出影音播放魔導器了。」

嗯，這個世界已經出現影音分享平臺，而且過段時間後又開發出類似ＣＤ播放器的裝置。這個類ＣＤ播放器裝置的製作者是朋德莉。

「拜此所賜，即便歌手不在現場，也能持續讓農作物聽見音樂。堪稱是技術革新所帶來的成果。」

別西卜神情得意地接續說明。

「這麼做就能讓農作物無止盡地聆聽悲傷的歌曲！」

庫庫也顯得莫名自豪。話說這其中有哪一點值得自豪了？

「就算這樣，栽培出難吃的蘋果也毫無意義吧……」

「妳說的是什麼話，這可是一大發現喔，能證明音樂會對農作物的味道產生影響。」

「我同意這個實驗很有意思……但麻煩妳們別讓我試吃這種難吃的東西。」

「啊～法露法跟夏露夏都別試吃，這些蘋果很難吃，有的還又苦又澀。」

「在我試吃時妳也阻止一下啊！剛剛應該有時間阻止我吧!?」

根本就是把我當成白老鼠嘛……

在我抱怨之際，庫庫端來另一盤供人試吃的蘋果。

「至於這盤蘋果就是在栽種時，持續播放立志成為吟遊詩人的某位學生所表演的歌曲。」

面對遞來的蘋果，我很猶豫該不該品嘗……

對了，這裡有一名適合的人才。

我把一直在後頭試吃蘋果的芙拉托緹找過來，由她來負責試吃。

既然與音樂有關，感覺芙拉托緹應該能給出一針見血的評語。

「那人家開動囉。」

芙拉托緹同時吃下三片蘋果，龍族的吃相還真豪邁耶。

「嗯～……這個嘛……雖說能感受到熱誠，這味道的水準卻還有待加強……」

「真是精闢的評語！您說得沒錯！儘管表演者很有熱誠，可是擺脫不掉新手的味道！這種味道差不多就是無瑕顧慮聽眾的感受，只把心思停留在想展現出自己喜歡歌唱的階段而已。」

這種對話不該出現在水果的展場裡吧！

「不過有熱誠並非壞事，另外再多添加一些原創要素會更好，畢竟這味道裡感受不太到原創性。」

「就是說啊，這同樣給我一種當事者接觸太少音樂種類的感覺。」

萊卡突然向我提問。

「請問這真是品嘗蘋果會有的感想嗎？」

「我能理解妳想質疑的心情。」

在這之後，庫庫繼續讓芙拉托緹品嘗其他蘋果。

「這盤蘋果是聆聽實力派吟遊詩人在進入中堅水準的那段期間，各種表現轉為保守時所製作的歌謠。」

「嗯，這蘋果嘗起來是有維持穩定的美味度，只可惜裡頭缺乏亮點，在粉絲人氣投票中很難擠進前段班。」

「這盤蘋果是聆聽昔日某當紅吟遊詩人團體因音樂取向分歧而拆夥前所製作的歌曲。」

「此蘋果無論是味道、口感以及水分都無可挑剔，但是少了一致性。」

「這盤蘋果是聆聽明明本身沒啥實力，卻剛好搭上時下流行的順風車而稍有名氣之吟遊詩人演唱的歌曲。」

「味道嘗起來有種似曾吃過的感覺，完全沒有個人特色，這種蘋果不出兩年就會被淘汰了。」

這當真是評論味道的感想嗎？

芙拉托緹該不會是針對蘋果所聽歌曲給人的印象來回答吧？

我和萊卡也有一起試吃，可是每次聽完芙拉托緹的感想，都會有種難以認同的感覺。

此時，萊卡代我將心中的鬱悶化成言語說出口。

「那個，庫庫小姐，請問有哪盤蘋果是聆聽天才吟遊詩人最具代表性的歌曲嗎？」

「啊～這倒是沒有耶。」

「為什麼沒有!?」

我忍不住吐槽。

「依照這個理論，讓農作物聽出色的音樂不就能結出好吃的果實嗎!?為何你們不試試看!?然後讓大家嘗到任誰都無法挑剔的好吃蘋果嘛！」

不過站在庫庫身邊的別西卜突然輕笑一聲。

這反應令人有點不爽。

「妳們被蘋果的固有觀念過度束縛了，先暫時脫離要讓蘋果變好吃的想法。」

「沒這回事！蘋果畢竟是食物，自然會想讓它變好吃啊！」

「沒錯沒錯！就像萊卡說的那樣！為何妳要擺出一副我們的想法真膚淺的態度呀!?」

既然是農業省，就給我設法讓蘋果變好吃啦。

另一方面，芙拉托緹露出恍然大悟的神情。

「主人，若以蘋果原本就是這種味道為前提來栽培，此方法應當會種出還挺美味的蘋果，不過以長遠的角度來看，這種想法恐怕會導致蘋果業的衰退，而原因正是動物到頭來都會對相同的事物產生疲乏。」

「暫停，蘋果這東西並不會因為退流行就再也沒人吃吧!?」

我們是在討論蘋果吧？總覺得根本變成是在討論音樂了。

我並沒有在不知不覺之間討論起音樂吧？

芙拉托緹看向庫庫。

「聽好囉，虛心接受顧客和農會的意見是很重要，但是顧客與農會無須對自己的意見負責，搞不好哪天就突然感到厭倦而離去，比起香甜的蘋果反而大讚酸溜溜的蘋果更好吃，因此生產者最終得要相信自我，堅持栽種出自己理想中的蘋果。」

「這我知道，畢竟只會栽培香甜蘋果的農家無法突然改種酸蘋果。」

這很明顯不再是討論蘋果，而是關於音樂才對。

「這盤蘋果是聆聽闊別二十年重新出道的吟遊詩人，再度演奏自己出道前期的代表樂曲！」

「沒錯，這樣就對了！庫庫！」

在我完全無法進入狀況的時候，師徒倆卻是相談甚歡。

萊卡瞄向我的臉。

「儘管這麼比較並不恰當，不過我很感謝亞梓莎大人教導的內容都簡單易懂……」

「啊～嗯……因為我只會講一般人都聽得懂的話……」

雖然方才的對話已跟蘋果完全沾不上邊，可是照此情況看來，接下來都會碰上各種口味特殊的蘋果吧。

「吶，夏露夏，那邊有蘋果樹喔～」

女兒們似乎因為在庫庫的攤位待太久而有些膩了。

於是法露法牽著夏露夏的手繼續往前走。

會場一隅的確有栽種蘋果樹，想想魔族在這部分當真是花錢不手軟。

見法露法她們開始移動，我自然是跟了上去，別西卜也尾隨在後。

至於芙拉托緹跟萊卡好像打算繼續與庫庫交談。

萊卡雖然對那師徒倆的關係感到無語，卻又認為或許能從中學到什麼吧。

在我接近那棵蘋果樹之後，忽然有一對貓耳映入眼眸。

「咦，這不是亞梓莎小姐一家人嗎～？好久不見。」

這次是來到不死貓獸人・朋德莉的攤位。

「沒想到朋德莉妳也會出現在這裡，難道這些蘋果是與遊戲合作栽種出來的？」

朋德莉現在是著名的遊戲設計者。

「是的！大家請品嘗看看。」

朋德莉遞來一盤切成八片的蘋果。可說是很常見的切法。

再怎麼樣也不能為了避免踩雷而拒絕試吃，於是我將一片蘋果大口吃進嘴裡。

法露法、夏露夏以及別西卜也跟著吃下。

「什麼嘛，原來是很尋常的蘋果，吃起來既甜又美味。」

法露法跟夏露夏也邊吃邊點頭。莫名有種直到現在才終於有正常點的蘋果能吃的感覺。

但唯獨別西卜淚眼汪汪地摀著嘴巴。

「唔唔唔唔……一陣嗆辣感湧上鼻腔……」

這次到底發生什麼事了……？

「原來被妳吃到了～這蘋果只要切成八等分，其中一片就會產生山葵的味道喔。」

「這是哪門子的品種改良!?」

「只要有這種蘋果，肯定能為派對炒熱氣氛喔！」

真要說來是只適合在派對裡分享吧……？如果出現在平日的餐桌上，大家應該都不想吃喔。

「因為味道太嗆，小女子想找個能轉換口中氣味的地方……剛好旁邊那個有種植蘋果樹的攤位看起來還滿正常……」

話說回來，有種植蘋果樹的攤位不只是朋德莉這攤，原來其他攤位也有。換言之，那些應該又是有別於尋常口味的蘋果樹吧。

隔壁的攤位莫名擠滿了爬行蟲。

確切而言就是巨大化的綠色毛毛蟲。別看他們長成這樣，其實都是魔族的一員。爬行蟲們正默默吃著樹葉。

「看來這是會長出美味樹葉的蘋果樹囉。」

這可說是種族多元的魔族特有的靈感，畢竟也有魔族是只想吃葉子。

「是的，為了讓孩子們食用，我們十分注重味道和營養。」

負責此攤位的是長有蝴蝶翅膀的魔族・諾索妮雅，記得她目前應該在從事與服飾有關的工作。

「沒想到其他行業的人也毫不客氣地參一腳……蘋果業的涵蓋範圍還真廣耶……」

「因為我希望能讓更多人嘗到好吃的樹葉，所以才決定來參加。」

這的確是經歷過幼蟲時期之人特有的煩惱，想想並不是什麼壞事。

不過吃葉子來轉換嘴裡的氣味好像又有點怪……我們是比較想吃蘋果樹的果實啦……

別西卜似乎也抱持相同的想法。

「諾索妮雅，麻煩請依照現場的人數提供蘋果試吃。」

「好的好的～馬上來。」

諾索妮雅用刀子切開蘋果上側。

只見裡頭有大量的果蜜……不，這根本就是液體了。

「這是專為成年爬行蟲改良的，蘋果內裝著果汁。」

「又是一個品種改良過頭的成功案例！」

諾索妮雅拿植物的莖當成吸管插進蘋果裡。

「來，這樣就能隨時隨地輕鬆享用蘋果汁囉。只要在家種植這個品種，即可省去將蘋果壓榨成汁的麻煩，當真是非常方便喔。」

我能理解這樣是很方便，不過讓農作物徹底擺脫原有的形態當真沒問題嗎？感覺根本是跟神明唱反調。不過魔族並沒有信奉仁丹那類神明，所以應該無所謂吧。

桑朵菈突然充滿嘲諷似地冷冷一笑。

© Benio

「呵呵，這蘋果已徹底被黑暗汙染，完全沒有植物應有的風範。」

原來這蘋果失去了某種無比珍貴的事物啊……

附帶一提，因為這果汁是百分之百原汁，因此真的非常好喝。

法露法和夏露夏也因為這高品質的味道而睜大眼睛。

「喔～！這甚至超越現榨，直接就是果汁的狀態，當真是美味極了。」

看來別西卜順利轉換嘴裡的氣味了。

於是我們在諾索妮雅的攤位所提供的座椅區內稍微休息一下。

「果汁真好喝～我剛好正想喝點飲料呢～」

「就因為此攤位會提供果汁，小女子才安排在比較深處的位置。當來賓感到口渴的時候，恰好就來到有果汁喝的區域。」

啊～看來別西卜在規劃會場時有深思熟慮過呢。

——這時，我的注意力被隔壁攤位吸引過去。

因為有東西正生龍活虎地不斷扭動著。

我扭頭望去，發現是蘋果樹的樹枝在擺動。

「咦……那是在做什麼嗎……？」

基於好奇，我走向那個攤位。

只見武史正在與蘋果樹對峙。

「喝！呼！喝！」

面對蘋果樹揮來的樹枝，武史脖子一扭漂亮地閃過攻擊。

仔細觀察，這才發現這棵蘋果樹上的蘋果皆呈現黑色，宛如一顆顆鐵球。

「各位！只要在家種植一棵這種蘋果樹，任誰都可以輕鬆進行單人訓練喔！」

「這又是哪門子的怪怪品種改良啊！」

「這棵蘋果樹是抱持絕不能讓人奪走蘋果的心情在生長！一旦有人接近，它就會把蘋果當成武器砸向對手！」

「等等，那就不該把珍貴的蘋果當成武器吧！」

武史因為我的吐槽而看了過來。

「啊、這不是亞梓莎小姐嗎？妳覺得此商品如何？假如人類國度的道場有誰想買，我可以幫忙宅配喔？」

「很抱歉我不認識道場主人，不知該怎麼回答你，另外奉勸你最好別分心——」

我講到一半就愣住了。

因為武史被一顆蘋果重重砸在臉頰上！

「噗呼喔！」

武史就這麼被一記漂亮的重擊撂倒在地。

「這、這一拳打得真好……我暫時陷入輕微腦震盪……」

「看吧，所以才提醒你別分心的！」

好幾隻史萊姆聚到武史身邊。

那些應該是與武史很要好的「免學費」（這是史萊姆的名字）吧。

「亞梓莎，那些攤位改良的蘋果並非是拿來食用——喔、武史這傢伙被樹給揍昏了啊。」

別西卜淡然地說著。

她似乎對蘋果樹能夠戰鬥一事沒有特別驚訝。

「今日讓我重新體認到魔族的可怕之處，一旦胡鬧起來總會嚇死人不償命。」

「雖然不懂妳想表達的意思，但應該不是讚美吧。」

別西卜當場白了我一眼。

之後在別西卜的帶領下，我們參觀了各種神奇的蘋果攤位。

而別西卜還是老樣子很溺愛我家女兒們。

萊卡和芙拉托緹在諾索妮雅那裡喝了一堆果汁。

羅莎莉則跑來通知說，哈爾卡拉與人商量蘋果醋這門生意漸入佳境。果然談生意就是特別花時間。

至於我呢——

在這裡發現一個關於蘋果以外的驚人事實。

那就是許多魔族都會前來跟別西卜打招呼。

「農業大臣，歡迎您的蒞臨。」「農業大臣，拜您所賜才改良出如此優質的沉睡蘋果。」「農業大臣，上個月的會議真是多虧您的關照。」

反觀別西卜則是以遊刃有餘的態度逐一回應。

「原來妳有好好完成身為大臣的分內工作呢。」

「妳擺出一副刮目相看的態度是什麼意思？畢竟小女子身為大臣，理所當然得恪守本分。」

那是因為別西卜平常鮮少展現出身為大臣的一面……不過她大多都是休假時才會來到高原之家，沒有表現得像個大臣也實屬正常。

「別西卜小姐真帥氣呢～」

「人家真是開了眼界呢。」

「看來妳也挺有一套嘛。」

女兒們紛紛露出尊敬的眼神。別西卜見狀後，立刻換上如花痴般的傻笑表情，令原有的威嚴大打折扣。
「是吧是吧～小女子一直都是為了女兒們才這麼勤奮工作喔～」
「妳好歹是魔族的農業大臣，這種時候應該得回答是為了整個魔族國在辛勤工作……像這樣在公開場合直言說自己是為了女兒們才工作，恐怕算是不當言論喔……」
正因為別西卜平日有如實完成各種公務，才有辦法舉辦這類活動吧。
我不清楚別西卜在任職公務人員時有過怎樣的經歷，但我相信她是腳踏實地一路晉升到現在的職位吧。
就在這時，忽然傳來一陣急促的腳步聲。
「大臣！大臣～！呼～終於找到您了！」
瓦妮雅快步跑了過來。記得她原本是別西卜的祕書，大概是有公務需要報告吧。
「怎麼啦？即使沒有小女子親自坐鎮，活動理應也能照常運作吧。難不成是要召開緊急會議，需要小女子立刻返回農業省的辦公大樓嗎？」
瓦妮雅擺了擺手回答。
「並沒有這回事，可是從另一種角度來看，或許情況更糟糕也說不定。啊、亞梓莎小姐也在呀！辛苦您了，這裡全是蘋果會不會讓您感到無聊呢？」

「妳好呀，瓦妮雅，妳不必在意我，若有急事就趕快向別西卜報告吧……」

從瓦妮雅悠哉地與我打招呼的態度來觀察，感覺上應該不是什麼要緊事。

「那麼，發生什麼事了啊？瓦妮雅，有話就趕緊說。」

別西卜同樣沒有表現出一絲焦慮的感覺。

不難看出她很有信心已將公務全數辦妥才跑來這裡摸魚。

「那個，就是……那兩個人來到會場了。」

「妳少在那邊賣關子，到底是哪兩個人？妳這麼說沒人能聽懂究竟是誰。」

既然用那兩個人來形容，就應該不是指佩克菈。

「既然我說到那兩個人，也就只有那兩個人，那兩人堪稱是大臣您的天敵喔。」

「所以小女子才問妳是在說誰啊。所有政敵早在過去就已被通通擺平，而且他們之中也無人會聯手來對付小女子。」

瓦妮雅稍稍壓低音量說：

「……您的雙親來到這裡了。」

別西卜瞬間臉色鐵青。

我清楚聽見「雙親」二字。

© Benio

拜優秀的能力值所賜，即使音量壓得再低我也能聽得一清二楚。

「立刻逮住他們並押送至展場的會議室內……要是途中狹路相逢的話會相當棘手……」

「問題是他們並非參展人員，目前不清楚兩人位在會場的何處……但我有收到農業省職員的通知說，會場裡出現了頭戴斗笠的參觀者，我想那應該就是您的雙親……」

「除了他們以外不可能有人會用那種鄉巴佬的打扮在這裡亂竄……很遺憾那兩人肯定是小女子的雙親……」

因為這內容完全勾起了我的好奇心，於是我以避免讓女兒們聽見的音量提問。

「咦？別西卜妳的雙親來到現場了嗎？拜託幫忙引薦一下，畢竟我經常承蒙別西卜妳的照顧，希望能趁此機會跟他們打聲招呼，而且妳經常買各種禮物來送給我的女兒們。」

「妳無須挑在這種節骨眼上才想起社會人士的基本禮數！總之妳休想見到他們！」

「順帶一提，妳的雙親在談吐上跟妳一樣嗎？真令人好奇妳有著怎樣的父母呢。難道都很有貴族風範嗎？」

「不許妳繼續深究！這件事沒有什麼好談的！總之妳不要插手別人的家務事！重點是在妳來小女子的家中時，早就對妳說過小女子是平民出身啊！」

「這麼說也對……」

因為別西卜總以高高在上的語氣說話，害我忘了這檔事。

話說按照她如此抗拒的態度來看，似乎是真心不想讓我們見到她的父母。

別西卜摳了摳自己的臉頰，露出一副相當煩惱的樣子。

然後她像是百般無奈地拉著瓦妮雅的手，來到我女兒們的面前說：

「女兒們啊，真是非常抱歉，小女子臨時有要事得去處理，接下來就由瓦妮雅擔任嚮導……妳們有任何要求都可以儘管說，瓦妮雅一定會幫忙辦妥。」

這件事恐怕相當重要，畢竟別西卜不惜犧牲與女兒們相處的時間也要親自處理。

「瓦妮雅，一旦有任何妳招待她們不周的消息傳入小女子耳裡，農業省就會對妳進行懲處。」

「大臣！您也太公私不分了吧！」

我個人認為別西卜應該是在說笑，但她搞不好是認真的……

「是嗎？工作辛苦了，難不成是蘋果們聯手起兵作亂嗎？」

「今天辛苦妳了，別西卜小姐～！」

「夏露夏今日度過一段很有意義的時光，謝謝妳幫忙擔任嚮導。」

女兒們都以為別西卜是臨時有要務得去處理。因為瓦妮雅在提及別西卜的雙親一事刻意壓低音量，所以她們肯定沒料到事實竟是如此吧。

我該怎麼辦呢？反正機會難得，就跟著別西卜一塊去吧。

不過別西卜立刻轉身看著我說：

「妳別跟來啊！無論如何都不許跟來！」

「瞧妳這麼激動的樣子……虧我想說至少跟他們打聲招呼，但既然妳家裡的狀況如此複雜，那我就不強人所難吧……」

「等等，小女子沒有什麼灰暗的過去，從小到大生活都很正常，單純是不想讓妳見到小女子的雙親，並非小女子跟雙親交惡啦……另外被妳過度解讀也頗令人不爽的……」

「啊～嗯……即便自家的親子關係在旁人眼中看起來並無不妥，可是對當事者而言仍猶若燙手山芋，這種情況我能理解。」

無論對人族、魔族、精靈族或矮人族來說，這堪稱是不分人種的一大難題。

「沒錯，總之妳就好好照顧女兒們——」

此時——前方出現頭戴大型斗笠的兩個人朝著這邊走過來。

由於斗笠大到非常顯眼，因此我也看得一清二楚。

「吶，別西卜，頭戴帽子的那兩人該不會就是妳的父母吧？」

別西卜連忙扭頭向後看去——

然後又馬上把頭轉回來。

只見她的臉色當場刷白。

說起從前的經典電玩遊戲中，初期、中期與後期的敵人總是只以變更配色來做為區分，而別西卜此刻臉色大變到簡直就像是更換配色……

「喔～別西卜，妳近來過得好不好哇～？」

眼前的男魔族和女魔族與別西卜長得有些相似，看兩人應該是一對夫妻。

另外他們整體上散發出來自鄉下的氛圍。老實說，種植蘋果的農家來參觀這場活動也不足為奇。

別西卜露出一副心如死灰的樣子。

我還是第一次見到她露出這種表情。

「你、你們認錯人了……小女子不是別西卜……」

別西卜假裝不認識地準備逃離現場。

「俺好歹不會認錯自家女兒的長相啦。其實咱們是考慮在店裡販售一些品種特殊的蘋果。別西卜啊，若有好蘋果就推薦一下嘿～」

魔族大叔上前與別西卜攀談。

啊、他方才提到女兒二字……

「別西卜，安呼啦轟哈啦，唄隆達利嗶～」

這次是女魔族在說話——但我完全聽不懂她在說什麼，該不會是方言吧……？

只見別西卜用雙手把臉遮住。

有必要為此受到這麼大的打擊嗎？

接著魔族大叔看向我說：

「喔～妳是俺女兒的朋友嗎？看模樣不像是魔族，難道是來自人族的富貴人家啊？」

女魔族也跟著對我說：

「別西卜哇蝦嘿，欣假納～呼啦嘻喔！」

「不好意思，我聽不懂妳這句話的意思……總之我是高原魔女亞梓莎……與別西卜小姐是朋友。」

雖說有點煩惱該如何自我介紹，但我相信這麼回答最適宜。

「嗚啊啊啊啊啊啊！」

別西卜放聲慘叫。我覺得身為農業大臣不該如此失態喔。

「萬事休矣啊～！」

緊接著別西卜抓起我跟魔族大叔的手——

朝向展場內無人使用的會議室直奔而去。

我則是毫不抵抗地順其自然。

「妳就是亞梓莎呀，俺曾聽女兒提起過妳喔～」

「梅嗶啦間撒～哈拉多嗶～」

伯父主動向我攀談，緊跟在後的伯母也對我說話，只是我聽不懂伯母在說些什麼……

「啊、是的，我的職業是高原魔女。請問二位是別西卜小姐的雙親嗎？我家女兒們經常承蒙別西卜小姐的照顧。話說伯父伯母整體的氛圍和別西卜小姐不太一樣呢。」

伯父聽完開懷大笑。

「這很正常啊！因為咱家就只是務農的，純粹是女兒太愛演戲唄～！」

「巴洋納，巴洋納～唄拉哈嘻～！」

我還是一樣聽不懂伯母在講什麼，但能肯定她笑得很開心。

「原、原來如此……另外不好意思，我無法聽懂伯母所使用的語言……」

「亞梓莎，阿母她說『我們家就只是平凡無奇的農家』……妳聽不懂很正常，就連范澤爾德城裡的居民也沒幾個人能聽懂。」

因為事情發展太快，我完全不知該從哪件事問起！

但我首先想請教一個問題。

「那個，別西卜，妳對令堂都是稱呼為阿母嗎？」

「亞梓莎，要是妳再追問這件事的話，小女子就饒不了妳。」

啊、眼下還是少說話為妙……

進入空無一人的會議室後，別西卜開始對我說明。

「記得之前曾與妳說過，小女子從前的個性和現在相差很多，不過小女子依舊非常不想讓妳跟那兩人見面……」

語畢，別西卜瞄了一眼自己的雙親。

「其實小女子覺得丟臉的並非來自鄉下，而是這兩個傢伙！」

「咱們哪裡丟臉啊，咱家店裡的收入也很穩定喔。」

「店裡盈餘呼咿沙沙諾沙～！沙沙沙諾呼咿呀！」

別西卜臉頰再度漲紅。

「不是啦！小女子指的並非經營狀況！而是讓熟人見到你們會令小女子覺得很丟

臉！問題是現在已經瞞不住啦！」

別西卜抱頭苦惱，隨後將一張紙遞給我。

「麻煩寫下切結書，發誓妳絕不會把此事洩漏給第三者知道。」

照此情況看來一旦我食言的話，我們的友情也會跟著破局。

「……嗯，我在此發誓……一定會守住這個祕密。」

這令我不禁覺得親子問題還真複雜。

◇

當天的展覽安然落幕（？）。

儘管展期是持續到後天，但我們今天就會先返回范澤爾德城，到了明天便啟程返家。

我和別西卜回到女兒們的身邊。

「別西卜小姐，蘋果派真的很好吃呢！」

「能度過如此美好的一天，當真是感激不盡。」

「嗯嗯，妳們的笑容就是小女子活下去的動力喔～」

雖然別西卜在女兒們的面前笑臉盈盈，但其實有著不願被觸及的話題。

關於此事，我不能只是裝傻到底，而是無論如何都必須守口如瓶。

總覺得瓦妮雅很可能會說溜嘴，但至少目前還不要緊。

「對了對了，亞梓莎小姐。」

聽見瓦妮雅的呼喚，我不由得全身一顫。她應該不是要問我與別西卜雙親有關的事情吧……？

「有一群賓客想見您，請隨我來。」

「咦……？什麼意思？」

對此我首先聯想到佩克菈，不過瓦妮雅說的是一群賓客，到底會是誰呢？

「難不成有魔族想討教一下我身為魔女的實力嗎？」

「您誤會了，其實這群賓客甚至不是魔族。」

我一頭霧水地被帶到展場後側的空地，在看清楚來者後便恍然大悟。

眼前是一大群的巴西利斯克和鹿。

「是騎乘機械怪獸旅行當時遇見的大家呢！」

沒想到牠們會特地來見我。

我依序撫摸每隻鹿的頭，之後也摸了摸巴西利斯克們的頭。

看來牠們很親近我一事並不是我的錯覺。

其他家人也十分開心或有些害怕地撫摸著鹿和巴西利斯克們的頭。尤其是桑朵菈好像會被鹿當成食物……

「嗚哇～！這些鹿以及巴西利斯克也會吃蘋果呢～！」

法露法雙眼發亮地看著正在吃蘋果的巴西利斯克，現場彷彿成了一座野外動物園。

蘋果是瓦妮雅提供的，大家就拿這些餵食牠們。畢竟這裡在舉辦蘋果展覽會，相信應該會多出大量的蘋果吧。

「對吧對吧，這些可是美味到無從挑剔的頂級蘋果！無論是生物或魔物都一吃就會愛上它！此品種就叫做『惡魔蘋果』。」

別西卜對動物們的反應十分滿意。

也對，誰叫她是農業大臣。

就算身懷祕密，也一定會出色地履行職務。

但我還是有句話想說。

於是我拍了拍別西卜的肩膀。

「嗯？何事？」

「既然有如此正統的美味蘋果，打從一開始就帶我們去試

吃呀！」

從頭到尾都帶我們去參觀各種奇奇怪怪的蘋果！

而且我們還完全沒品嘗過此品種的蘋果喔！

「是嗎……？因為蘋果的種類過多，害小女子全給忘了……」

「我想品嘗看看！而且是現在就想吃！」

與鹿以及巴西利斯克們一起吃的蘋果，絕對是今日最美味的品種。

「就是這個，這就是我所追求的味道。」

「如果會場裡只展示這個，就算不上是展覽啦。」

參觀完展覽之後，我得到的感想就是——果然任何事情都不可偏離正統。

前往貓咪茶館

She continued destroy slime for 300 years

我發現有飛龍降落於高原之家附近，正想說來訪者是誰時，只見沙沙·沙沙王國的娜娜·娜娜小姐獨自一人來到這裡。

「歡迎。咦？穆小姐今天沒來嗎？」

上前迎接的是在外頭進行特訓的萊卡。因為我正在將晾乾的衣物收回屋內。

「是的，因為今日只是來邀請各位，所以我一人過來即可。至於身為提案者的陛下本人已完全沉溺於其中，以她的狀態肯定會拒絕同行。」

「完全沉溺於其中……難不成與賭博有關嗎……？」

萊卡露出不安的表情。

嗯，畢竟不久前才親眼目睹沉溺於賭博之人會落得何等悲慘的下場……更何況萊卡是個相當排斥這類不良嗜好的人。

「您誤會了，此事與賭博無關，但是恕我暫時無法告訴您答案。」

「暫時不能告訴我？這是為什麼呢？」

萊卡困惑地歪過頭去。任誰聽見這種回答都會很困惑吧。

「因為陛下說『先瞞著別講會更有意思』。」

真是個讓人不得有任何怨言的理由，萊卡似乎也接受了這個說詞。

「因此這一切都是陛下的錯，若是您心有不甘的話，下次見到陛下時請儘管對她使出關節技。」

雖然娜娜小姐十分毒舌，但就算經常被小穆的任性牽著鼻子走，她最終還是願意效忠小穆，想來是個本性溫柔的女性。

「我的力量並非為了折磨弱者而存在……站在這裡聊天也不方便，請先進屋內吧。亞梓莎大人，有訪客——」

「嗯，我早就發現了，也有聽見妳們的對話。」

我已收完晾乾的衣物，於是朝著兩人走去。

「娜娜・娜娜小姐，我明白以妳的立場，不便透露小穆吩咐妳幫忙隱瞞的祕密，這部分我就不追問了。」

「老實說也不是什麼天大的祕密，即便直接講出來也無所謂。」

「妳也太草率了吧！這種時候就要幫忙保密啦！以免小穆到時會比想像中更沮喪喔！畢竟我也不想因為提前知曉祕密而心生愧疚！」

「提示是——」

「妳肯定打算直接公布答案吧！拜託妳別說了！快停下來！」

因為娜娜小姐是個徹頭徹尾的施虐狂，所以應付起來特別累人。

「那我就在不會透露祕密的範圍內告訴各位，是陛下開始執行一項企劃，企劃的內容類似開店，若是各位不嫌棄的話歡迎前來。」

乍聽之下是小穆很可能會做的事情，而且內容不重要到無須一國之君親自前來。

「我只想問一件事，這會有危險嗎？帶家人一同前往也沒問題？」

由於魔族、惡靈以及神明舉辦的活動，往往會夾雜一些常人參加可能會受傷的項目在裡頭，唯獨這點非得先確認不可。

「啊～嗯，關於這部分是大可放心。」

娜娜．娜娜小姐毫不猶豫地說出答案。想想在招待她進入高原之家以前，她就已經把正事都交代完了。

「畢竟大家都很親人。」

「……很親人？」

忽然冒出這個奇妙的詞彙。

但繼續追問的話，總覺得娜娜小姐會直接揭曉祕密，此事就先到此打住吧。

◇

幾天後，我攜家帶眷前往沙沙．沙沙王國。

我坐在化成龍形的萊卡背上，法露法跟夏露夏就位於我身後。

「吶吶，妳覺得會是什麼企劃呢～？夏露夏。」

「既然得保密的話，感覺上是完成某種偉大的發明。比如說開發出輕鬆讓死者復活的魔法，或是能讓時間倒轉的魔法等等。」

「這太厲害了～！完全能在科學以及魔法學的領域中掀起革命呢～！」

女兒們談話的內容當真是太誇張了！

「二位，建議妳們別過度期待……搞不好就只是請我們去吃飯……另外若能讓死者復活，恐怕會對世界造成動盪，老實說挺可怕的……」

一旦開發出這種技術，恐怕仁丹等神明也無法坐視不管，因為這將會徹底顛覆世界應有的秩序。

順帶一提，我很意外其中某位家人竟被女兒們的這番話嚇壞了。

此人便是坐於飛在萊卡身邊的芙拉托緹背上的羅莎莉，只見她正在不停發抖。

「為何妳會這麼害怕!?羅莎莉！」

「如果能夠起死回生的話，我就會失去自己的個人特色……」

「妳的煩惱跟活人沒有多少區別呢！」
「另外若是當真復活的話，我就不能飄在半空中或穿牆了……」
「對幽靈而言，復活反而會讓人重返充滿各種不便的生活嗎!?」
看來天底下沒有什麼事真能算是皆大歡喜。
「我個人是希望能開發出新酒喔～感覺上把唯獨南方特有的水果拿來釀造，應該可以做出不同於以往的酒呢。」
哈爾卡拉還是一樣不改本色，不過她的想像以可能性而言是最容易成真。如此一來，相信不會惹出什麼麻煩事才對。
於是我們一路順利地抵達死者國度——沙沙．沙沙王國。
小穆和娜娜．娜娜小姐剛好也已等在那裡了。
「喔、妳們來啦，那我立刻幫忙帶路。來，這邊這邊…………唔唔唔唔……好累喔……」
當小穆轉身準備為我們帶路時，立刻就差點累倒在地。
「真虧妳想以這種狀態來幫忙帶路！」
「唔……那我就邊走邊解釋……我打造出一間曾在沙沙．沙沙王國很久以前流行過的茶館……唔……快動啊！只要能邁出一步，就可以接著邁出下一步了……！」

「感覺在抵達目的地之前就會全講完了，所以妳大可不必先解釋！」
到頭來，小穆還是運用惡靈之力飄在空中移動。
我個人認為，小穆打從一開始就沒有其他能挑的移動選項了。
在前往目的地的這段期間，我試著根據小穆的話語來推測答案。
古代文明流行過的茶館……該不會又是女僕茶館吧……
我不能太過糾結於古代二字，畢竟小穆還在世時的文明已經非常發達，所有我能想像到的事物幾乎全都存在。
另外娜娜・娜娜小姐現在穿著很像是女僕裝的衣物……以這副打扮來服務客人，就完全能稱作女僕茶館了。
但若是不小心猜中答案會很掃興，眼下就先別多嘴吧。
小穆與羅莎莉在我的前方交談。
「我本就考慮有朝一日要這麼做，不過既然數量已經湊齊，又把他們教得很親人，才想說差不多是時候了。」
「把他們教得很親人？這是什麼意思？」
「妳馬上就會知道了。看到前方有一扇門吧，穿過那裡就會進入茶館，只要是空座位都可以隨便坐。」
從木造的拱門望向室內，能看見裡面擺有許多桌椅。

另外周圍還有——數量眾多的貓咪！

不光是黑貓或虎斑貓，就連類似耳朵扁塌的蘇格蘭摺耳貓也有！甚至能看見類似英國短毛貓的鼠灰色貓咪！明明是貓卻有著鼠灰色，真叫人不知該說什麼才好！

「如何？這就是在古代文明中曾流行過的貓咪茶館。與貓近距離接觸來放鬆身心，可說是很棒的娛樂活動吧？」

小穆得意洋洋地說著。

原來如此……親人二字是指這群貓店員（？）呀。

位於我後方的孩子們立刻發出歡呼。

法露法率先衝進店內，夏露夏緊跟在後，她們迅速坐在地上，開始伸手逗弄貓咪或撫摸貓咪的頭。

「真可愛～！小貓咪真是太可愛了！」

「整體上以南方的貓種居多，長毛貓的數量並不多，但貓是無論什麼品種都很可愛。」

不，是與貓咪嬉戲的女兒們才最可愛，怎麼會有如此美妙的光景？要是這世界有ＩＧ的話，我絕對會幫她們拍照並分享出去。

「亞梓莎真是個傻媽媽耶～只不過是這群小動物很親人而已嘛。」

桑朵菈露出傻眼的表情，不過貓咪逐漸群聚到她的身邊。

「怎麼？你們想做什麼？貓是肉食動物吧？真是的，既然這麼想要人摸摸，我是不介意摸你們一下啦。」

貓的可愛是世界通用，桑朵菈也一臉暗爽地開始摸貓。

「小穆，這真是個非常棒的點子！簡直是太出色了！老實說根本是妳至今表現最棒的一次呢！」

「怎麼？我以前的點子都很怪嗎……？」

小穆露出微妙的表情。不過讓整個古代文明變冷當時，簡直快折騰死人了。

「事實上是王國的惡靈們也開始養貓來打發時間，所以我才覺得能夠開張貓咪茶館。」

不枉費我們千里迢迢來到這裡。

「那麼，大家找張位子坐下——」

我講到一半便止住話語。

因為萊卡的眼睛發亮到幾乎要冒出星星了。

看來她對貓是無比熱愛。

就算沒向她確認也一看便知。

話說回來，好像個性越認真的人，就越容易喜歡率性而活的貓，當然以上只是民間傳聞。原因是生性邋遢的人，根本就不會飼養貓或狗等等需要照顧的寵物。

一旁能看見芙拉托緹正與一隻紅褐色的貓在大眼瞪小眼。

「小傢伙，你很有種嘛！是想與本小姐較量一下嗎!?」

「不能跟貓打架啦！」

因為這裡姑且是茶館，有販賣各種餐點，所以我向惡靈店員索取活人用的菜單。

「那麼，請給我們每人來一杯加熱過的井水。」

順帶一提，由於這裡是死者國度，因此活人能點的菜色種類相當有限！

「妳怎麼了？這裡也有提供食物，大可點那些來吃呀。我們甚至有賣『黑綠色死亡沼澤』定食喔。」

小穆用手指了指菜單上的圖片。

「一般人並不會在這類茶館點定食來吃。」

而且看圖片很明顯是什錦燒定食。

所謂的『黑綠色死亡沼澤』，就是十分接近什錦燒的古代文明料理。或許古代文明的價值觀與現代有所出入，不過我還是希望他們能幫料理取個聽了能勾起食慾的名稱。

「什麼嘛，虧我還特地引進適合活人享用的菜色，妳看我們也有販賣醬燒麵定食。」

雖說這是我首次聽見醬燒麵這道料理，但我想應該是炒麵吧。

「這些餐點就等我下次光顧時再嘗嘗看吧。」

另外我再重申一次，這種茶館並不是讓人來填飽肚子的。

主要是來這裡與貓咪們近距離接觸。

就像萊卡已經躺平在地板上，有好幾隻貓趴在她的身上。

「哈哈哈～好癢喔～話說你有點重呢～哈哈哈，哈哈哈～」

「萊卡露出十分柔和的表情……她似乎已經徹底放鬆下來了……」

很開心她能玩得如此盡興，只是我沒料到她會放得這麼開……

「啊，你想接近我的臉呀，是我的臉有哪裡很奇怪嗎？哈哈哈～哎呀，你想睡在我的肚子上嗎？我的身體很暖和嗎？哈哈哈～」

感覺萊卡快被貓兒們徹底融化了……

看她的反應，之後恐怕會為了貓咪茶館不惜大老遠跑來沙沙．沙沙王國。

另一方面，芙拉托緹冷靜地坐在位子上品嘗送來的井水。儘管井水不是需要冷靜品嘗的東西，無奈這裡提供的飲料就只有井水而已。

「主人，萊卡就是這部分還太嫩了，即使她平時裝出一副死腦筋的樣子，可是貓咪一聚到身邊就立刻破防，像她那樣根本無法成為最強存在。」

「那個，我認為一看到貓就心花怒放這點是無傷大雅……不過確實與她平日的形象反差很大啦……」

萊卡在貓咪們的圍繞之下，臉上的表情彷彿置身天國。即便女兒們也跟貓玩得很開心，但以盡興程度而言，無人能與萊卡相提並論。

「我還真沒想到玩得最開心的竟是那位龍小妹呢。」

有一隻幼貓就坐在小穆的頭頂上，我無法確定是貓自己爬上去，還是小穆把牠放在頭上的。

「謝囉，小穆，大家都玩得很高興。」

「貓對我國而言是十分重要的存在，我國昔日就是為了飼養大量的貓才決定經營貓咪茶館。包括貓與其同科的動物在內，這間貓咪茶館就飼養了三百隻左右。」

「嗯？妳的意思是除了貓以外還有其他動物？」

此時，一旁傳來哈爾卡拉的尖叫聲。

「呀啊啊啊啊啊啊啊啊！拜託饒命啊啊啊啊啊啊啊啊！」

我扭頭一看，發現哈爾卡拉整個人都在獅子的嘴裡，只剩一顆頭露在外面。

「不、不得了啦！哈爾卡拉要被吃掉了！」

「啊～那頭獅子叫做索澤萬。安啦，牠只是在玩耍，不會吃人的。」
小穆擺出一副理所當然的態度在幫忙介紹獅子。
與貓同科的動物是這個意思呀！
「呃～那模樣看起來完全讓人安心不了！」
「就像貓會舔人的手，而那便是從中衍伸出來的行為。更何況我們有好好調教過牠了。」
話雖如此，哈爾卡拉已被嚇得花容失色。
「嗚～……這裡面溼溼黏黏的……而且還暖暖的……能讓人體驗到身為獵物的無力感……」
「我國將貓科動物都奉為神聖的象徵，因此在牠們面前，任誰自然都會體認到自身的渺小。」
關於這點，我認為問題是出在體型上的差距。
這時有另一頭老虎走了過來。
然後牠用舌頭舔著只剩一顆頭露在獅子嘴巴外面的哈爾卡拉。
「嗚呀啊！好刮皮膚！沒想到老虎的舌頭那麼粗糙！為何都是大型動物聚到我的身邊嘛！」

「那是老虎亞基。話說我國以前有建造一座圓形神殿來祭祀虎神，不過那裡現在已經長滿藤蔓了。」

「這些說明都不重要！妳確定那情況真的沒問題嗎？」

「妳還真囉嗦耶，就跟妳說牠們不會吃人啊！只是嘛——動物果然一眼就能辨識出彼此之間是誰強誰弱。」

小穆如恍然大悟似地點點頭。

「麻煩妳別擅自在那邊亂下結論……」

此時，娜娜．娜娜小姐端著加點的井水走過來。

「亞梓莎小姐，您觀察一下自己與芙拉托緹小姐周圍的情況。」

我聽從指示扭頭張望，並沒有看出任何異狀。

當我望向遠處——這才發現不管是獅子、老虎或豹等動物，都十分畏懼地注視著這邊。

「咦，我做了什麼嗎……？」

「能否與眼前的對象嬉鬧——動物們透過本能很快就會察覺出這點。比如說芙拉托緹小姐，假如把她含在嘴裡，十之八九會反遭修理一頓。」

「這還用說，要是誰敢舔人家的臉，人家可絕不會輕饒喔！管牠是老虎或獅子，倘若膽敢在人家的臉上撒野，人家一定會讓牠吃不完兜著走！」

芙拉托緹氣勢高昂地說著。

「雖然應該也有大型動物想找萊卡小姐撒嬌，不過這麼做可能會嚇跑她身邊的小貓們，最終引起萊卡小姐的不悅，因此牠們全都不敢接近萊卡小姐。」

我能理解惡靈組給出的解釋，不過——

「說穿了就是哈爾卡拉被牠們給瞧扁啦！」

「喔、亞梓莎，吐槽得不錯喔。娜娜・娜娜，幫亞梓莎追加一杯井水。」

拜託別講得好像是我在搞笑比賽裡成功獲得一分啦。

哈爾卡拉被獅子從嘴裡釋放出來之後，臉上露出有些……不，是無比憔悴的表情。

「嗚～……全身都是口水……果然猛獸都好可怕……」

哈爾卡拉先是前往躺在地上與貓咪們嬉戲的萊卡身邊，然後就這麼癱倒在地。

「真是飛來橫禍啊，哈爾卡拉……」

「啊、不知獅子與老虎的唾液能不能賣錢？因為難以取得，搞不好是哪來的高級藥材！」

這個小妮子還真是個雁過拔毛的商人耶！

哈爾卡拉的事情算是安然落幕了，但我忽然注意到一件事。

「四處都沒看見羅莎莉，難道她不喜歡貓嗎？」

該不會是幽靈無法和活生生的貓咪們玩耍？應該沒這回事，要不然在充滿幽靈的這個國度裡哪有辦法找來貓經營茶館，同時也不會有貓咪茶館的市場。

「妳在說什麼啊？羅莎莉那丫頭就在妳的頭頂上方玩得不亦樂乎喔。」

小穆伸手指向半空中。

只見羅莎莉像是非常開心地在那裡動來動去。

「呀哈哈哈！好癢喔！停下來，快停下來！」

「咦？羅莎莉一個人在那邊做什麼？」

「她在跟貓的幽靈玩。」

「居然連貓的幽靈都有！」

經她這麼一提，想想就算有動物以靈魂的形態逗留於世間也不足為奇。重點是當發現貓的靈魂時，王國的幽靈們反倒會更努力去撫慰它們。

「畢竟有些貓在人世間仍留有遺憾，所以我們都會盡量帶回來照顧，並且平等看待這些活著或已經過世的貓。」

「看來妳在這部分處理得並不馬虎呢。」

當我們如此交談之際，有一隻年幼的小貓跳到芙拉托緹的大腿上。

「你這個不要命的小傢伙，看在你如此有勇氣的份上就稍微獎勵一下吧。」

芙拉托緹似乎並不討厭貓，她隨即把小貓抱在懷裡。

接著有另一隻幼貓坐在哈爾卡拉的肩膀上。

「比起坐在獅子身上，還是讓貓咪坐在自己身上比較能放鬆呢～」

以哈爾卡拉方才的遭遇而言，形容成坐在獅子身上好像不太貼切。

另外莫名有許多幼貓聚集至哈爾卡拉身邊，大概是她有什麼能吸引幼貓的特質吧。

能看見萊卡露出十分羨慕的表情。

「幼貓們似乎將哈爾卡拉小姐當成是朋友或同伴呢。」

難道獅子之所以把哈爾卡拉含在嘴裡，是因為將她視為與其他幼貓一樣都是需要保護的對象嗎……？

說起剛剛把哈爾卡拉含在嘴裡的獅子，目前正背著我家三位女兒在茶館裡四處走動。

「真有趣～！好像在騎馬呢～」

「記得某處流傳著名為騎虎難下的成語，內容是在講述當騎上老虎之後，如果中途下來就會反被吃掉。意思是說人有時會陷入無暇讓人顧慮太多，只能一股腦兒往前進的情況。」

「像這樣騎在動物身上，莫名有一種植物大獲全勝的爽快感呢。」
這反應相較於一般孩子算是相當特殊，但只要桑朵菈開心就好。
「話說回來，會光顧這裡的活人就只有我們，店內居然還特地準備適合活人的菜單，真的是勞煩妳們了。」
雖然小穆擁有實體，卻完全無須攝取食物，沙沙．沙沙王國的人民更是沒有實體，本來根本不需要茶館這項要素。
「啊～道謝就不必了，因為我們早就招待過其他擁有實體的顧客，要不然哪可能會特地為了妳們準備菜單。算算時間應該也快來了。」
「啊、你們現在也與魔族有往來吧。」
「是這麼說沒錯，但本店也有看起來不像是魔族的常客。」
「不像是魔族的常客……？」
「沒錯沒錯，從我們開張第一天就每天都來報到喔。」
小穆將視線移向茶館出入口的拱門。
「來了來了，就是她。」
只見一顆巨型毛球站在那裡。
「啊、那是——奧托安黛！」
面對那副非比尋常的外貌，我是絕對不會認錯人的，那人就是奧托安黛。

從毛髮裡伸出的手將一部分毛髮撥開，隨之從中露出一張臉，果真是本人沒錯。

「……妳好呀，真是好巧呢。」

「啊～嗯……原來妳也會離開虛無荒野出來走走啊……」

「……因為這裡不一樣。」

語畢，奧托安黛找了張空座位坐下，然後開始撫摸桌子上的貓。

「……文學人士都會在茶館裡工作……另外文學人士都喜歡貓。」

這應該是偏見吧……

「怎麼？原來是亞梓莎妳的朋友啊。也對，畢竟她挺奇怪的。」

「妳這句話很失禮喔！另外妳對異於常人的顧客都沒什麼感覺嗎？」

像這種渾身是毛的神祕人物出現在人族市區裡，好歹會稍微引發一些騷動喔。

「雖說無法肯定她究竟是活人還是死人這點感到有點奇妙，但有些存在就是介於兩者之間。而且無論是生是死，反正顧客就是顧客嘛。」

由於奧托安黛是神明，因此的確很難界定她到底是生是死，另外對小穆而言，比起判定對方是魔族或人族，區分對方的生死反倒更為實際也說不定。

「算了，反正沒惹出問題就好。」

我立刻洩漏奧托安黛是神明好像也滿奇怪的，若有需要的話，當事者會自己講出來才對。

「亞梓莎大人，妳與那位毛茸茸的人士互相認識嗎？」

躺倒在地上的萊卡出聲詢問，不過她的臉被貓埋住了。話說她蹭貓也蹭過頭了吧。

對了，我的家人全都不認識奧托安黛，儘管趁此機會介紹一下也行，但洩漏她是神明一事真的好嗎……？

於是我決定偷偷向奧托安黛本人確認一下。

「吶，方便把妳的身分告訴其他人嗎？」

「……請隨意就好，反正敝人至今度過一段充滿羞愧的人生，沒什麼好隱瞞的。」

因為得到許可，所以我便把奧托安黛是死神一事告知家人以及小穆。

結果除了夏露夏對此充滿好奇，向奧托安黛請教了幾個問題以外，並沒有引發多少騷動。畢竟這世上也存在著魔族和妖精。

「嗯～原來她是死神呀，沒想到會是那副模樣。」

小穆看著把貓抱在懷裡向奧托安黛提問的夏露夏，同時如此喃喃自語。

「小穆妳在得知她是死神之後好像不怎麼在意，難道死神對幽靈來說並不可怕嗎？」

「死神只會處理剛離開軀體不久還熱騰騰的靈魂，與長期以靈體姿態過活的我們沒啥關係。」

換言之，幽靈跟死神之間是互不干涉嗎？

「話說這種事比起詢問我們，妳可以像夏露夏那樣直接去請教死神不就好了？」

這麼說也對，我也拿張椅子來到夏露夏的身邊坐下。

「死神小姐，意思是您不會去抓捕逗留於世間的靈魂嗎？」

「……沒錯，幽靈以靈體之姿逗留在此也能維持世界的均衡，過度消滅幽靈並非好事。」

原來如此原來如此，包含世間存在幽靈一事在內，也都屬於「正常」狀況囉。

「……當然敝人可以看見幽靈，就像這樣。」

奧托安黛將觸手般的毛伸向空無一物的半空中。

「……這裡有一隻貓靈。真不愧是惡靈國度，也存在著許多貓靈。」

「這樣啊。對於貓靈而言，同伴越多總是越開心吧。」

就在這時，觸手般的毛開始不斷震動。

「……啊、貓靈在掙扎，而且掙扎得很厲害。」

因為我們看不見，無法確認實際情況，但多少能猜出貓靈掙扎的原因。

「我看妳是用觸手般的毛纏住貓靈吧？也難怪貓靈會反抗……」

「……不是的，就只是貓靈被絲線狀的東西勾起本能在那邊嬉鬧。」

「看來已死的貓終究是貓！」

這方面的習性終究不會改變……

「……不過貓靈似乎顯得有些興奮，真是個衝動的小傢伙。」

這也是貓常會發生的狀況。

大概是隨著追逐絲線狀的東西變得很亢奮吧。

由於觸毛晃動得頗激烈，因此奧托安黛也不知該如何是好吧。

「……別激動，過度激動對靈體並不好。」

這句話聽起來讓人有種不祥的感覺。就某種角度上來說，死神的任何發言在過度解讀後都會令人覺得很可怕。

「妳說不好是什麼意思？難不成是靈體會瓦解嗎？」

「……不是的，是靈魂太激動時，能夠融入平常無法進入的事物。」

下個瞬間——

我忽然有種好像被東西砸在腦袋上的感覺！

「哇！怎麼回事⁉」

這感覺類似於走在路上突然被球砸中頭部。

雖然不痛，腦袋卻稍微震了一下。

我翻倒椅子跌坐在地。

是沒有感受到疼痛，可是我被嚇得不輕。

「……對不起，貓靈一口氣從敝人的毛裡掙脫出來……不慎剛好撞到妳。」

「原來幽靈還能撞到人呀……」

「媽媽，妳沒事吧……？」在我摸著頭準備起身時，夏露夏如此關切並伸出一隻手拉起我。感覺大腦還有點昏。

「謝謝妳喔，夏露夏。媽媽我十分健壯，完全不必擔心會傷到哪裡。」

「……死者和生者都一樣具有靈魂，儘管平時無法觸碰彼此，但要是靈魂過於活潑的話，有時就會撞在一起。」

根據奧托安黛的解釋，就是貓靈連忙衝出之後，剛好撞上我體內的靈魂了。

「意思是貓靈過度興奮，恰巧向我這邊飛過來吧。我聽懂了。」

「……明明敝人身為死神，卻沒有用心對待靈魂……真該好好反省。想想還真丟臉，好想找個洞鑽進去。」

奧托安黛用毛遮住臉。她明明貴為神明，個性卻相當謙虛。

「我並沒有生氣，所以妳不必那麼自責。而且這又不是妳造成的，原因是出在貓的身上。」

即便奧托安黛的觸毛算得上是原因，可是她無意讓貓靈過於激動，因此無須感到那麼內疚。

「……但這終歸是敝人的疏失造成的。」

毛球裡傳來奧托安黛的聲音。

「別這麼說，這當真不是妳的錯，而且我也沒受傷呀。」

雖然我仍用手摸著頭，不過被撞的地方並沒有腫起來。

「……話雖如此，這問題以某種程度而言比受傷更嚴重。」

奧托安黛顯得十分過意不去。

看她如此自責，我莫名產生一股罪惡感。

「奧托安黛妳一點錯都沒有！來，快把臉露出來！俗話說對事不對死神嘛！」

「……感謝妳的諒解。」

奧托安黛終於從毛裡露出臉來。沒想到這位死神如此守禮數，甚至達到過度敬畏的程度。

由於昏眩感已經消失，因此我將手從頭上移開。

結果——

「啊。」

——夏露夏發出一聲驚呼。

「怎麼了嗎？我自認沒有傷到哪裡，難不成跌倒時有髒東西沾到頭上嗎？」

儘管等級達到上限之後，有時會被委託處理一些奇怪的工作，不過我覺得其中一項好處就是身體變得非常耐打。

「媽媽……**妳身上有個比受傷更嚴重的問題……**」

夏露夏一臉嚴肅，卻又露出莫名像是在苦笑的複雜表情。

這是怎麼一回事？

「這樣令我好在意！麻煩請解釋得具體點！」

「媽媽，請妳再摸一次自己的頭頂。」

我將手伸向頭頂，忽然摸到一個柔軟的東西。

「這面鏡子借妳，妳自己看吧。」後方傳來小穆的聲音。

我將遞來的手拿鏡照向自己的臉。

我的頭上居然長出貓耳朵。

「嗚啊啊啊啊！這是怎麼回事呀啊啊啊啊啊!?」

其他家人被我的慘叫聲吸引過來。

「哇～！媽咪變貓咪小姐了～！真可愛～！」

法露法一把抱在我身上。嗯，我很高興妳這麼做，偏偏現在沒空做這種事。

!?
© Benio

「原來師父您有這種興趣呀。」哈爾卡拉釋懷地點點頭。快停下來，別露出一副了然於心的樣子。

「嗚哇……」桑朵菈稍稍倒退幾步。別這樣啦，這反應很傷人喔。

「啊～主人頭上好像長了什麼耶。」芙拉托緹一派輕鬆地說著。拜託也別完全不當一回事。

「啊～是貓靈進入體內了。」羅莎莉分析出具體的答案，不過聽起來挺嚇人的。

至於萊卡的反應最為激烈。

萊卡起初在看見我這副模樣時，是不發一語地注視著。

「亞、亞梓莎大人……妳、妳這樣好可愛……那個……這個……可愛到令我……十分難受……」

接著她用手遮住自己發紅的臉龐，輕聲細語地說出這句話。

「妳說的『難受』是什麼意思？」

「就是妳可、可愛到讓我難以呼吸……」

我該開心嗎？總覺得好像又不太對……

「啊、仔細一看還長出貓尾巴！這究竟是怎麼回事？」

此時，我與奧托安黛對視。

「……光是能聽妳說沒將此事放在心上，敝人就已如釋重負。」

啊～奧托安黛早就料到會出現這種情況。主要就是基於這點，她才會顯得那麼內疚……

「那個，我只是不在意自己被貓靈撞倒，但這種特殊狀況就得另當別論了……」

「……那個……這個……敝人先告辭了。」

眼見奧托安黛慢條斯理地準備躲回毛堆之中，我硬是把毛撥開。

「別躲起來！拜託把解決辦法告訴我！」

「……敝人會支付賠償金的。」

「不對！我是想知道解決辦法！並非向妳索討賠償金！」

非得從奧托安黛那裡打聽出解決問題的方法不可——

不過我的注意力莫名被其他東西吸引過去。

奧托安黛的其中一根毛髮在半空中搖來晃去。

——我不知為何就像貓那樣對毛髮揮出一掌。

「我的身體擅自做出動作！」

我彷彿受到貓的本能影響般，對搖晃的東西產生反應！

之後——我以眼角餘光瞥見芙拉托緹不停擺動的尾巴。

「喵～！」

我撲向芙拉托緹的尾巴，並且一把抓住。

「是身體又擅自亂動！」

「主人，妳這樣突然攻擊別人的尾巴並不妥喔。若是沒有提前告知會攻擊對方的尾巴實屬犯規。」

我並沒有想要攻擊，是身體自行產生反應……

接著我抬頭望向天花板，發現有好幾隻半透明的貓飄在那裡。

那就是貓靈呀……數量比想像中更多。

因為貓靈與我部分的靈魂融合，我才變得能夠看見它們吧……

「我才稍微離開片刻，就發生如此有趣的事情呢。」

本想說從旁傳來如此冷靜的聲音是出自何人之口，原來是娜娜・娜娜小姐端著飲料回來了。

「這一點都不有趣。」

「與靈魂相關的問題是我們的專業領域，請您說說方才究竟發生什麼事了。」

這件事拜託娜娜・娜娜小姐她們幫忙解決似乎會比較好。

原因是奧托安黛明顯已將目光瞥向一旁，十之八九不知道這個問題的處理方式。

「……如果不是專家就亂寫評論，之後只會丟人現眼，因此不懂的話最好還是保持沉默。」

雖然身為死神卻不是靈魂方面的專家，老實說也頗令人無言的。

但我想這八成算是罕見案例，所以不清楚也是情有可原。

「娜娜・娜娜小姐，可以拜託妳幫個忙嗎？」

「妳不在語尾加上『喵』這個字呀。」

麻煩她幫忙當真沒問題嗎……？

◇

我們在娜娜・娜娜小姐的帶領之下來到她家（準確說來是大臣階級的墳墓）。

由於內部有一塊空間，因此適合用來召開會議。

雖然這裡有點霉味，但對幽靈而言似乎並不礙事。

「貓靈似乎已融入亞梓莎小姐妳的靈魂裡，此乃偶爾會發生的一種現象。」

儘管娜娜・娜娜小姐的態度略顯事不關己，不過這樣反而像是專家在提供意見般讓人能產生信賴感。

「雖說亞梓莎小姐現在的模樣與貓獸人無異，不過從靈魂的角度來看就截然不同了。貓獸人體內理所當然只有當事者的靈魂，但亞梓莎小姐的體內目前是同時存在著妳和貓的靈魂。」

嗯嗯。

「意思是只要拿掉貓的靈魂就能夠恢復原樣，從兩個靈魂變回一個靈魂。」

我點頭回應娜娜・娜娜小姐的說明。

「啊～就類似於羅莎莉曾經進入哈爾卡拉體內那次呀。」

「這勾起我一段不好的回憶……」

哈爾卡拉臉色蒼白地說著。畢竟當時是歷經一番苦戰才解決問題……

「但我記得自己的靈魂很強悍，其他幽靈理應進不來吧？」

羅莎莉附身哈爾卡拉那時，記得是因為她無法進入我的體內。

儘管這麼說對哈爾卡拉有些失禮，不過按照別西卜的說法，個性隨便的人比較容易遭其他靈魂附身。

「由於這次靈魂卡得比較深，因此抵抗效果沒能發揮作用。情況類似於本該堅不可摧的城牆被當場撞破，於是外來者便在裡頭的市區恣意妄為，這麼解釋妳應該能明白吧？」

「多少可以明白。」

城牆與壕溝的防禦力是可以抵擋外敵，對於已經入侵的敵人而言卻發揮不了作用。

「所以原理很簡單，只要把貓靈趕出體外就好。倘若貓靈自己想離開，那很快就能把它趕出來了。雖然我也說不準啦。」

「小穆，至少這種時候別在最後補上一句『雖然我也說不準』此類的話啦……」

小穆目不轉睛地注視著我的臉。

不，感覺上是直視著比表面更深入的某種事物。

「果然不出我所料。」

「什麼意思？」

「貓靈說它不想離開。」

「它為什麼不想離開!?裡頭應該還有我的靈魂吧！它沒有因此感到不自在嗎!?」

該不會是我倒楣碰上一隻有怪癖的貓靈吧。

「你們生者或許無法理解，但亞梓莎妳的靈魂非常溫暖，對貓靈而言自然是舒服到想一直待在那裡。就類似於活著的貓會想待在溫暖的場所那種情況。」

「呃……」

我不禁聯想到一隻死都不肯從暖桌裡出來的貓。

小穆對奧托安黛說：

「記得妳是死神吧，難道沒有好方法嗎？妳理應是現場之中最瞭解靈魂方面的專家吧。」

「……如果是浮游靈，敝人完全有辦法處理，不過……從生物體內抽離出靈魂……難保不會對身體造成傷害。」

偏偏又聽見這種嚇死人不償命的話……

「……最糟的情況可能會失去性命。因為死神在工作時是先挑選好即將喪命的目標才動手，反觀這次不一樣……一個不小心害死目標是會被究責的……」

「啊、那就不必考慮這個方法了。」

不管怎麼說都太嚇人了。

「亞梓莎小姐。」

娜娜．娜娜小姐不知為何對我露出微笑。

原來她也會笑呢。我居然能目睹如此罕見的光景。

「這次就死心放棄吧。」

「我不要！未免也太早放棄了吧！妳們曾揚言說自己是靈魂方面的專家吧!?而且就在不久之前喔!?」

「正因為是專家，所以不能說些無憑無據的話來哄妳安心。」

縱然乍聽之下言之有理，但在此情況下根本就是推託之詞。

「反正這件事看起來不會對亞梓莎小姐妳造成任何困擾。依目前的情況，妳的靈魂保持得很完整，單純是有個貓靈寄宿在裡面，不會對妳的肉體或靈魂造成任何影響。」

「問題是已經令我的身體長出貓耳朵和貓尾巴呀！」

「也就只有這點程度不是嗎？順帶一提，最多只會偶爾令妳的舉止變得和貓很像罷了。」

此時，娜娜・娜娜小姐拿出一根很像是草的東西。

那東西通稱為逗貓草，要不然就是類似的植物。

娜娜・娜娜小姐輕輕揮動逗貓草。

咻咻咻！

※以上是我將手伸向逗貓草的聲響。

「唔！身體不聽使喚！」

「有時候也會像這樣被勾起貓的本能，不過久了就會習慣的。」

「我並不想習慣！另外體內多出貓靈這種事算得上是異常狀況——」

娜娜・娜娜小姐又開始揮動逗貓草。

咻咻咻！

我再度情不自禁地把手伸過去！

「可惡！在我想阻止自己做出反應以前，身體已經先動作了！」

「主人，芙拉托緹能理解妳的感受，像人家有時就會氣得不小心動手開扁。」

「芙拉托緹，我認為兩者不能相提並論。」

單純是你們藍龍很容易跟人動粗罷了。

「而且妳這樣頗受一部分家人的歡迎喔。」

法露法和夏露夏都眼睛發亮地看著我。

至於萊卡則是不知為何莫名臉紅。真要說來，會害羞的人是我才對。

「那個……抱歉，各位，我並不想維持這副姿態……」

「法露法覺得這樣的媽咪也很棒喔～」

「即使媽媽變成貓，人家也會和姊姊一起照顧妳的。」

兩位女兒無法理解我的感受。

「那個……由於這樣會害我無法保持平常心，因此個人是希望亞梓莎大人能恢復原樣……如果維持目前這樣，將導致我在修行時容易產生雜念……」

萊卡原則上是支持我恢復原樣，不過她提到的雜念是什麼意思？

「……那敝人先告辭了。」奧托安黛準備離去，但我隨即拉住她的觸毛強行留下。麻煩她姑且再多待一會兒。

但問題在於若是搞不清楚讓貓靈離開體內的方法，她自然也是束手無策。

「嗯～其實是有方法能**讓貓離開身體**啦。」

「唉……看來只能暫時維持貓耳狀態生活了……要是沒有隨時戴好帽子的話，被別西卜發現肯定會引來一頓嘲笑……至於尾巴就完全藏不住——咦？」

我走向小穆，以雙手抓住她的肩膀。

「妳剛剛說有方法吧？我沒有聽錯對吧？」

「妳先冷靜下來！確實是有方法沒錯，不過必須等上兩週！」

換言之，這個方法得要有兩週的準備時間嗎？

「沙沙・沙沙王國在兩週後會舉辦『貓神祭』，這活動到時會吸引許多貓靈來參加。」

原來古代文明將貓奉為神明一事是千真萬確。

「或許妳體內的貓靈會禁不起祭典的誘惑而主動離去。簡單說來就是只要有東西比亞梓莎妳更吸引貓靈，它就會自行離開了。」

「意思是得等到祭典當天囉……」

兩週嗎？以時間的長短而言還挺微妙的，而且總覺得別西卜會在這段期間來訪兩次左右……

話雖如此，目前也想不到能靠自己讓貓靈離開的方法。

「我知道了……就等到貓神祭那天吧。」

事到如今也別無他法了。

「那就這麼辦吧——」

娜娜・娜娜小姐忽然將手搭在小穆的肩膀上。

「陛下，這種時候就該獅子大開口索取報酬。」

「以一名大臣而言，妳失言的情況太常見囉！」

她肯定打著某種不可告人的歪主意。

「請放心，我們不會提出弄疼人或嚇人的要求。」

儘管娜娜・娜娜小姐打包票說無須擔心，我卻完全安心不了……

「偏偏我現在是無能為力……」

我沮喪地低下頭去，尾巴也跟著下垂。

「……那敝人這次真的先告辭了。」

奧托安黛別開目光，靜悄悄地離開店裡。

能感受到她是打從心底想極力避免被牽扯進來……

◇

在這之後，我們全家人返回高原之家。

開始過著一如既往的日常生活。

「大家早安！」

「師父，妳從吃早飯起就這樣戴著帽子，讓人覺得很不習慣……」
哈爾卡拉立刻指出不尋常的地方。
「因為我頭上長著一對貓耳朵嘛……」
百般無奈的我只好摘下帽子生活。
貓靈似乎也沒有想對我做什麼，所以表面上與以往的生活沒有分別，真的就只是多出貓耳朵和貓尾巴而已。
可是這點差異仍為我帶來許多麻煩。

「小女子來府上打擾一下囉～」
當我在附近打倒史萊姆的時候——
與從弗拉塔村走來的別西卜撞個正著。
這女人馬上就跑來了。
「啊，妳、妳好……我是跟平常沒有任何區別的亞梓莎……」
「…………」
我和別西卜之間就這麼陷入一陣詭異的沉默。
「……唔喔哇！妳在搞什麼啊!?小女子真沒料到妳會有這種興趣耶！」
「這不是我的興趣！而是有著很深的隱情！不……想想也沒啥大不了啦。」

我開口解釋來龍去脈。

儘管最終得對別西卜提及死神的事情，不過應該無所謂才對。

「於是妳現在不得不以類似貓獸人的模樣過活呀。想想妳容易捲入事端的體質，相較於哈爾卡拉簡直就是不遑多讓呢……」

「我沒有哈爾卡拉那麼嚴重，而且妳也經常因為佩克菈而飽受池魚之殃，只能說是彼此彼此。」

「單純是小女子的頂頭上司生性如此，與小女子的體質毫無關係。話說回來，這件事能否向魔王陛下——」

「妳絕不能把這件事說出去喔。」

我毫不猶豫地開口回答。

甚至完全沒有商量的餘地。

「好吧，這次看妳可憐，小女子就幫妳保密不會讓魔王陛下知道，妳可要好好感謝——」

「喵——！」

我一個縱身跳出去，朝史萊姆揮出一記貓拳。

「……話都還沒說完，妳這是在做啥？」
「哈哈哈……我現在很容易對會動的東西產生反應。」
自從長出貓耳之後，我總覺得攻擊史萊姆的反應速度變快了。
「若是妳想瞭解貓獸人的生活方式，小女子可以代替妳去向朋德莉打聽喔？」
「妳的好意我心領了！但我並沒有想以貓獸人的身分活下去！」
「另外，假如妳想移居至范澤爾德城，小女子也能幫忙找房子。」
「我沒考慮搬家啦！」
對別西卜來說，似乎身上長出貓耳就等於是魔族的一分子了。

自從身體增加貓的特質之後，有時頗令我困擾的。
像是晚餐和大家一起吃燉菜時，我從頭到尾都得不停把料理吹涼。
「主人，燉菜並沒有那麼燙。因為芙拉托緹也不喜歡吃太燙的食物，所以有拿捏好適中的溫度。」
今日是芙拉托緹負責做晚餐，能看見偏大的湯碗裡裝滿各種食材。說起芙拉托緹做菜的特色，原則上就是非常豪邁。
「但我還是覺得燙……等吹涼之後我就會吃了。」
與其說我變得跟貓一樣怕燙，不如說是內心深處很排斥吃正冒著熱氣的料理。

除此之外，我還有其他部分也變得和貓頗為相似。

那就是可以的話會想盡量避免洗澡。

待在房間裡的我……腦中冒出今天就乾脆別洗澡的念頭。

下個瞬間，我用力地甩甩頭。

「不行！唯獨這點我無法妥協！無論如何都要洗澡！更何況世上也存在著喜歡洗澡的貓！這純粹是個體差異！」

除了反射動作以外，由於我可以完全掌控自己的身體，因此還是有去洗澡。

不過洗澡時間遠比平常縮短許多。

「就算在浴缸裡泡澡，也沒有一絲放鬆的感覺……」

心中莫名傳來一股想盡快離開浴缸的慘叫聲。

沒想到身體多出貓的特質之後還滿累人的……

另外我暫時不會前往弗拉塔村採購東西。

原因是村民們對這類八卦毫無抵抗力，一旦被任何村民目擊我現在這副模樣，轉眼間就會傳遍整座村子。

所以採買一事先由家人們代為負責，這點基本上是沒什麼問題。

兩週的時間就這麼說長不長，說短不短地過去了——

為了參加貓神祭，我們朝著沙沙．沙沙王國出發。

因為要是遲到就得再等上一年的話，這可不是鬧著玩的，所以我乘著萊卡提前上路。

「唉，亞梓莎大人的貓生活將就此劃下句點了。」

「萊卡，妳為何顯得頗失落的……？」

「就我個人而言，那個……是希望亞梓莎大人至少每個月能有一天和現在一樣變得很像貓……」

「我、我在此嚴正拒絕！」

就算是萊卡的請求，唯獨這件事我是絕不會答應的。

◇

在抵達沙沙．沙沙王國之後，能看見遺跡各處都布置著旗幟和布條。

一看就充滿祭典開始前的感覺。

小穆跟娜娜．娜娜小姐很快就來迎接我們。

「妳來啦，今年祭典的主要嘉賓是妳，所以就麻煩妳也要好好來參加彩排。」

「知道了知道了……只要能恢復原樣，我什麼都願意做。」

雖說是參加彩排，但我差不多就只是來充當花瓶，所以非常輕鬆。

所謂的貓神祭，就是沙沙．沙沙王國自古為信仰的擬人化貓神所舉辦的祭典。

至於今年似乎是我被選來飾演貓神。當然我能理解讓實際上長有貓耳朵的人來擔任會更逼真。

首先是確認我搭乘神轎時的遊行路線。我原以為坐在上面的人什麼都不必做，結果在抵達某幾處時我必須大喊出聲才行。

接著是在祭典高潮時會有一幕貓神傳達神諭的場景，為此我得要背下一篇內容冗長的文章。以難度而言，這部分是最棘手的。

「我不能在這時準備小抄嗎？」

我向擔任教官的娜娜．娜娜小姐提問。

「亞梓莎小姐，這對我們而言是非常重要的祭典，自然不能讓人作弊，還請您尊重一下他國文化。」

「唔……這番話真是有道理到令我無法反駁。」

因為這確實是自古流傳下來的祭典，所以不能草率應付。

於是我勉強背誦完文章，但儀式並沒有到此結束，反倒是才正要開始。

「那麼，麻煩您充滿情感地詮釋出這段臺詞。」

「呃……居然還有類似演戲的要素嗎？」

「這是自然，畢竟這可是非常重要的祭典，如果只是念稿會給我們帶來困擾，而且也會令民眾覺得掃興，因此您必須展現出能讓民眾相信您是貓神的演技。」

因為說得太有道理，同樣堵得我啞口無言。

「這類表演最重要的就是反覆練習。來，您先試著表演開頭的部分。」

「那、那個～……我是貓神喵……」

「太小聲了！既然您是飾演神明，就該展現出光明正大的態度！」

「唔唔唔！訓練方式還挺斯巴達的！」

於是我努力承受娜娜・娜娜小姐嚴格的指導。

沒錯，我是這場祭典的主角，非得讓觀眾感動不可！

並且從貓耳狀態恢復原樣！

「很好，妳的眼神漸漸充滿光彩。那就再從頭練習一次。」

「好～看我的吧！我一定會表演得盡善盡美——！不，我就是神！」

◇

終於來到貓神祭當天。

我走出祭祀貓神的遺跡來到外頭，搭乘由幽靈們抬起的神轎，準備沿著規劃好的路線遊行。

我身上穿著飾演貓神用的華麗服裝。

反正觀眾理應只有沙沙・沙沙王國的人民，相信這裡發生的事情不會流傳出去。

既然沒有上述風險，我就竭盡所能地好好表演吧。

我搭乘的神轎正式上路。

放眼望去，底下盡是我從沒見過的幽靈們。

難不成它們通通都實體化了？

不，想必是因為貓靈進入我的體內，才讓我能清楚看見來參觀祭典的所有幽靈。

啊～沙沙・沙沙王國到現在仍是一個國家，畢竟這裡充滿許多國民。

我向民眾揮手致意。

「貓神～～」「貓神！」

周圍不斷傳來諸如此類的喝采聲。

嗯，感覺還不賴。

儘管我是被迫來飾演貓神，不過為了他人而付出努力一事，仍令我打從心底感到開心。

接著神轎拐過一個彎。

我必須在這時說出練習好的臺詞。

於是我擺出類似貓咪露出爪子的姿勢。

「我是貓神喵——！大家可要更熱烈地讚頌我喵——！」

我不能覺得丟臉，只要全神貫注地飾演貓神，就不會感到害臊了。

就在這時，能看見遠方擺放好幾張桌椅。

感覺應該是貴賓席。

而且佩克菈也身處其中。

啊！糟糕……

「讚……讚頌我……喵……」

我的音量隨即變得很小聲。

其中一名抬轎的幽靈出聲提醒「那個，請您喊得再大聲點」。嗯，這種事我也知道。

不過——

佩克菈就坐在很像是貴賓席的座位上！

我太大意了，明明沙沙・沙沙王國與魔族互有來往。

因此佩克菈受邀來參加也不足為奇。

話雖如此，一切都已經太遲了。

佩克菈探出身子正注視著我這邊！

「咦，飾演貓神的人長得好像姊姊大人……咦？嗯～～？」

我究竟是勉強沒被人認出來？還是早就已經穿幫了？

不管怎麼說，事到如今已騎虎難下。

「我就是貓神喵——！好好讚頌我喵——！快把祭品送上來喵——！」在這之後，我在抵達各個指定地點時都一如當初彩排那樣喊出臺詞。

但每次皆能看見一路尾隨、站在遠處觀看的佩克菈。

既然被安排坐在貴賓席就好好待著嘛！

不過佩克菈沒有露出打著歪主意的表情。

而是一臉狐疑地歪過頭去。

狀似內心無法完全排除只是有人長得和我很相像的可能性。

恐怕是多虧穿著祭典用的服裝，讓我看起來與平日的形象相差甚遠。

啊～我現在才注意到自己的貓尾巴正不停甩動。

拜此所賜，讓佩克菈認定我是一名貓獸人。如果我只是使用道具打扮成這樣，假尾巴本該不會亂動才對。

看來別西卜確實沒把我變成貓獸人一事洩漏給佩克菈知道。

我在此誠心感謝妳有守住當初的承諾。

「好，直到祭典結束前就好好表演吧。」

看我的吧，就讓各位瞧瞧高原魔女真正的實力。

啊、我不能把自己當成高原魔女……而是貓神才對。我是一名貓神，與名為亞梓莎的魔女一點關係都沒有！

「我是貓神喵——！請大家注意有些花對貓而言是一種劇毒喵——！」

抬神轎的幽靈開心地表示「您的演技變好許多，請繼續維持下去！」。畢竟我已揮別心中的顧忌了。

沒錯，我並非在表演，而是化身成一位貓獸人，因此佩克菈繼續一臉困惑地跟著遊行隊伍也不成問題！反倒是我根本不認識什麼佩克菈！只知道她是受邀來參觀的其中一名貴賓而已！

在我經過各處指定地點大聲喵喵叫之後，我搭乘的神轎即將抵達終點。

那就是小穆的墳墓（此處既是神殿也是住所）。

雖說是墳墓，卻狀似金字塔那類巨型建築物，看起來不會特別陰森。

遊行隊伍並不會進入墳墓內，而是沿著外側的階梯往上爬，一路來到墳墓的中層附近。

中層位置能看見一座寬敞的臨時舞臺。

從該處能俯瞰整個王國。

預計要在這座舞臺上進行最後的表演項目。

小穆從墳墓裡走出來。

然後搭上我所在的神轎。

身為國王的小穆在面對神明時似乎得表現出恭敬的態度，她就這麼對我鞠躬行禮。

「免禮喵，把頭抬起來喵。」

小穆聽從我的話語把頭抬起來。

「謝貓神～說來真是好久不見～拜您所賜，沙沙．沙沙王國欣欣向榮，為了今後能更加興盛，還請您務必保佑我國～」

由於神聖王國語是草根味強烈的關西腔，因此毫無一絲國王應有的威嚴！

可是貓神不能胡亂吐槽，必須按照劇本表演下去。

「不愧是國王喵，說得一口漂亮的神聖王國語喵。」

這並非我個人的感想，就只是劇本裡的臺詞。

「但若想得到我的保佑，就麻煩妳展現出更多誠意喵！」

儘管我擺出一副高高在上的態度，不過這同樣是參照劇本的演出。

「那就請貓神欣賞一下我們精心準備的餘興節目。首先是賽跑！」

與此同時，從遠處傳來熱烈的歡呼聲。

我從舞臺低頭欣賞下方的表演。

狀似生前運動神經很好的幽靈們開始賽跑（？），而且它們乍看之下好像真的用雙腳在地面上移動。

「來喔！快跑快跑！擠進前五名的選手將會獲得獎金喔～！」

此活動的宗旨就是透過賽跑來取悅貓神。

「從這裡能把臺下看得一清二楚吧。真可謂是隔山觀虎鬥。」

小穆幾乎沒有參加任何彩排，模樣與往常無異，但看她的樣子似乎也不需要彩排。畢竟這只是真正的國王以國王的身分出席祭典，根本沒有任何需要演戲的部分。

「就是說喵，這當真是美景喵。」

「途中有幾個彎道，經常有人會在那裡摔跤。看吧，果然跌倒了。」

原來幽靈也會摔倒啊。

「沒想到這運動還挺危險的喵……」

「此競技都會在神殿這邊舉辦，相傳是始於惠鼻壽三世。」

「看來你們有不少傳統喵。」

領先的跑者們在約莫過了一分鐘抵達終點，賽跑至此結束。

「國王，比賽看起來是挺有意思喵，不過略顯單調缺乏趣味性。」

畢竟實際上就只是看著大家賽跑罷了。

「明白了，那接下來請欣賞花車衝撞比賽。」

隨後便從王國各處推來高度約十公尺的花車。

這比賽是讓兩輛花車相互對撞。

「喔啦——！」「我們才不會輸給隔壁鎮那幫人的！」「衝啊——！」

花車撞得搖來晃去，嚴重一點還會當場翻車。

「這也太粗暴了喵！」

「因為有聽聞貓神偏好這種血淋淋的表演。」

妳當貓神是哪來的邪神喔……

「雖然這比賽在王國變成幽靈國度以前經常造成大量人員受傷，但大家變成幽靈後已不會再死一次，所以儘管放心。相傳這是王都還位於岸和天市時，由旦吉爾五世納入的活動項目。」

「果然這也是歷史悠久的比賽喵。」

花車最終只剩下一輛，反過來說是除此之外的花車已全數翻覆，現場畫面看起來挺慘烈的……

「喵喵喵，這還真是有趣喵。」

「那您願意使用神力保佑我國嗎？貓神。」

我臉上浮現出一個不懷好意的笑容。在此聲明這全是演技，我並不是那麼壞心眼的人。

「還不夠喵！神的世界同樣以錢為重喵～你們必須先展現出誠意喵～至於方法自然就是錢幣喵～！」

儘管是演戲，總感覺貓神的性格還真惡劣……

「來，快展現出誠意喵，倘若辦不到我就不保佑貴國喵～」

我擺出一副跩樣在神轎上走動，為的就是能讓觀眾看見。現在的我已徹底投入貓神這個角色之中，再也不會覺得這樣做很丟臉了。

「我知道了，就讓您看看我們的誠意吧！」

小穆說完後——

將錢幣貼在我的腳上。

一瞬間覺得有點冰涼……至於錢幣就只有一手能握住的數量。

「妳到底想做什麼喵……？」

這雖是劇本上的臺詞，但同時也是我個人的感想。

「我正在將錢供奉給您。」

沒錯，這裡供奉錢財的方式，就是把錢幣貼在貓神身上。

擔任工作人員的惡靈們也群聚過來，將錢幣貼在我的手臂和臉上。總覺得讓人有些坐立難安……

想想存在於這世上的祭典還真是多樣化耶……

貼貼，貼貼貼，貼貼貼貼……

當臉頰被貼上第五枚錢幣時，我當場大叫說：

「夠了喵！我知道了喵！我答應保佑貴國今後變得更加昌隆喵～！」

「感謝貓神～！這是我國的榮幸～！」

小穆恭敬地跪在我的面前。

接著我把身上的錢幣全部摘掉，並從神轎上將錢幣往下方的觀眾撒去。相傳撿到錢幣就可以獲得神的保佑，因此能看見惡靈們紛紛衝上去拾取。

「相傳以前為了撿取那些錢幣，大家爭得頭破血流。」

這祭典從始至終真是充滿血腥味耶……

面對仍保持跪姿的小穆，我伸手摸了摸她的頭。

「如此一來，妳就被我賦予神力喵～記得要心存感激喵～」

儘管整個祭典給人一種草率的感覺，但故事設定終歸有保持一貫性。

大綱就是國王在成功取悅貓神之後，順利獲得一部分的神力。

「陛下萬歲！」「永保安康！」「國運昌隆！」

幽靈觀眾紛紛發出喝采。這應該算得上是令人感動的結局吧。

既然我已飾演完貓神這個角色，理應就能恢復原樣了。

不過娜娜．娜娜小姐忽然走到我與小穆所在的神轎上。

咦，劇本裡沒有提到娜娜．娜娜小姐會跑來耶……也許她是來提醒祭典至此完全結束，準備要帶我離開嗎？

「貓神，其實現場還有另一名國王想獲得您的力量，不知能否請您通融一下，也將神力賜予這位國王嗎？」

我有種十分不祥的預感。

但眼下的情況也由不得我拒絕吧。

無論再蠻橫的神明，至少不會做出破壞現場氣氛的舉動。

「知道了喵，我就特別通融一次喵，把人帶過來喵。」

只見佩克菈張開翅膀，隨即飛了過來。

臉上的表情是無比欣喜。

不祥的預感應驗了！

「果真是姊姊大人～♪像這樣近距離相見之後我有十足的把握！妳這身模樣真是太可愛了！」

徹底穿幫了！

「我聽不懂喵……妳究竟是在說誰喵？」

位於後側的娜娜·娜娜小姐面不改色地說：

「身為一名大臣，我有義務把事情如實告知來賓。」

她絕對是故意的！

只能怪我自己太天真了。

光是拜託別西卜幫忙保密根本不夠，真要說來是當沙沙·沙沙王國要舉辦祭典，我就應該先設法堵住娜娜·娜娜小姐的嘴巴！

佩克菈屈膝跪在我的面前。

「貓神，請將您的神力也賜予魔族吧～♪」

事到如今，我也只能繼續扮演一名貓神了……

「……知道了喵，妳就心存感激地收下喵。」

我摸了摸佩克菈的頭頂。

「啊～貓神的手真溫暖～」

這點小事就能逗佩克菈開心的話，老實說也算是值得了。

「這樣就可以了喵？」

「希望您能再多摸五分鐘。」

再怎麼說五分鐘也太久了，不過我有稍微多摸一下再收手。

與此同時，娜娜．娜娜小姐端著一個裝飾華麗的箱子走過來。

「貓神，非常感謝您今日屈尊來到這裡。這是我們的一點心意，還請您賞光收下。」

「這是什麼喵？」

雖說劇本裡的內容都已經演完了，不過我還是在每句話的最後加上「喵」這個字。

「這是用頂級貓薄荷製作而成的香囊。」

娜娜．娜娜小姐慢慢地打開箱子。

此箱子是以滑蓋的方式開啟。

箱子裡放著一個小布袋。
我的本能——不，是一股有別於我的本能喊出以下這句話。
快給我！快把那東西給我！
下個瞬間——
一隻貓咪外形的幽靈從我身體裡冒出來！
貓靈撲向香囊後，露出無比幸福的表情。
即使化成幽靈，終究還是抵抗不了貓薄荷的誘惑。
這就類似於在暖桌外面放一份貓薄荷，藉此將貓引誘出去。
「既然有這個貓薄荷就能搞定，打從一開始便拿出來不就好了嘛……」
「這是每年貓神祭時才准打開的東西，要不然氣味就會跑掉了。」
感覺跟每年只開放一天供人欣賞的祕佛沒兩樣。
「比起這個，妳何不先慶祝一下？」
小穆看著我的頭頂說：
「恭喜啊，妳身上的貓特徵都消失了。」
我聽見連忙摸向自己的頭。
對吼！既然貓靈已經離開我的身體——
「貓耳朵不見了！」

接著我將手伸往自己的臀部，發現尾巴也消失了。

「好耶～！恢復原樣了～！」

我忍不住舉起雙手歡呼。

接著從旁傳來一陣鼓掌聲。

只見佩克菈笑臉盈盈地正在為我拍手。

「恭喜妳喔～姊姊大人～♪」

「……嗯，雖然發生了許多事，但我決定把這當成一次寶貴的經驗。」

「我倒是希望妳可以偶爾再長出貓耳朵喔～？」

「這我就敬謝不敏了。」

「可是有其他人也希望妳能同意喔。」

佩克菈將目光移向朝這裡走來的萊卡。

萊卡一臉害羞說：

「亞梓莎大人，偶爾多出一對貓耳也不是什麼壞事吧……？或許有助於轉換心情喔……」

「就算支持方增加為兩票，我也不會答應的！」

◇

祭典結束後，我來到沙沙．沙沙王國的貓咪茶館。

接著把獅子的肚子當作枕頭，就這麼躺在地上。

不久後，其他貓咪與老虎都聚集至我身邊休息。

「嗯~每當祭典一結束，就會感到特別疲倦呢。」

有一隻貓發出「喵~」的叫聲，我相信牠是想表達「我能理解」這個意思。

「貓果然是撫慰內心的最佳良藥呢~」

我在貓咪們的圍繞之下放鬆心靈。

「怎麼？瞧妳放鬆成這副懶樣。」

此時小穆來到店內。

「畢竟剛結束那麼辛苦的工作，就算徹底放鬆一下也無妨吧。」

「是啊，這部分是沒啥問題，不過——」

小穆將目光移向空無一物的半空中說：

「——妳可要小心別又讓貓靈進入體內啊。」

八成是那片什麼都沒有的空間裡存在著貓靈吧……

「到、到時記得再把香囊借給我……」

確實我是因為光顧這間茶館才長出貓耳，在事情解決後又跑來這裡放鬆心情，要是一個不小心再次長出貓耳的話，根本就是進入無限循環……

——此時，有一些貓咪扭頭望向剛進店內的顧客。

來者正是身上有數根觸毛不斷蠕動的死神奧托安黛。

「……各位貓咪好。」

我見狀後，默默地與奧托安黛拉開距離。

人生在世最好還是別輕易去招惹死神……

籌劃今年的「魔女之家」茶館

She continued destroy slime for 300 years

這天，我帶著法露法和夏露夏一起來弗拉塔村購物。

順帶一提，桑朵菈也跟來了。

由於桑朵菈的個性並不坦率，即使邀請她一同出門，也有不小的機率會被「我今天只想悠哉地進行光合作用」這類理由拒絕。

話雖如此，桑朵菈也並非完全不想出門或成天窩在家中。話說她一整天有大半的時間都會待在屋外的菜園裡，所以也算不上是家裡蹲。

總之就算這樣，在出門前都一定要多邀請她幾次才行。

儘管聽起來有點難搞，但我認為個性類似桑朵菈這樣的孩子普遍居多，像我小時候的個性也和她差不多彆扭。

反觀法露法跟夏露夏單純是過於乖巧，當然這情況值得慶幸。

此時的桑朵菈——

「咦，總覺得村民們的樣子與平常不太一樣。」

忽然發現弗拉塔村的氣氛不同於以往，於是她開始東張西望觀察四周。

「看他們正在搬運大型布條跟組裝東西，想想差不多是舉辦熱舞祭的時候了。」

見她馬上就猜對答案，我不禁相當詫異。

「沒錯沒錯！原來桑朵菈妳也記得呀。本以為妳對人類的活動不感興趣，但他們確實正在進行熱舞祭的準備呢！」

「那是因為植物會清楚記得每年的每段時期會有哪些大小事，畢竟要是搞錯開花時期的話會非常麻煩。」

原來如此，這理由確實很符合植物的風格。像是唯獨哪棵櫻花樹在秋天開花，它肯定會感到很困擾吧……這情況類似於只有自己記錯團體相親活動的時間，就這麼獨自跑來會場。

「媽咪，妳今年也會舉辦『魔女之家』茶館對吧？」

法露法滿心期待地開口發問。

沒錯，每逢熱舞祭的前一天，我們全家人會把高原之家改裝成一日茶館對外經營。

雖說我沒有炫耀的意思，不過每次都是盛況空前。啊～想想這句話完全就是在炫耀，根本無法堅稱自己沒有一絲炫耀的意思。

總而言之，每年舉辦的一日茶館都大受歡迎到有資格拿出來炫耀！

就像法露法也是因為之前都大獲成功而建立信心，才會提出這個問題。

「希望這次能辦得比去年更盛況空前。」

儘管夏露夏淡然地說著，言詞間卻透露出幹勁。

反觀我是……

無法大聲回答「那當然囉！」這句話。

但不管怎樣也無法繼續保持沉默，我有如喃喃自語般給出答覆。

「……嗯～說得也是，想想也是時候該正視『魔女之家』茶館這件事了……」

她們大概是覺得我怎麼會回答得這麼不乾不脆。

於是我對著一臉困惑的兩人補充說：

「此事至關重要，等今晚吃完晚飯後就來討論一下吧。」

當晚，哈爾卡拉返家並吃完晚餐之後——

我們全家人都坐在自己的位子上。

※順帶一提，由於哈爾卡拉醉倒的話就無法開會討論，因此今晚我只准她喝兩杯酒。

「那麼，就此召開家庭會議，議題是今年要如何舉辦『魔女之家』茶館！」

「法露法想發言～！人家希望這次能舉辦得更加盛大～！至於別西卜小姐她們應該也會願意來幫忙的！」

法露法率先舉手發言。

嗯，媽媽我很高興法露法有這份心。

另外就算沒聯絡別西卜，她今年八成也會來幫忙才對。

「師父大人，哈爾卡拉製藥博物館前有一塊空地，納斯庫堤鎮那邊請交由我來籌辦就好。」

哈爾卡拉露出一副想趁機賺大錢的樣子。

「小穆就交給我來聯絡，或許沙沙・沙沙王國也願意來幫忙！不過我總感覺他們會主動提供協助！」

羅莎莉的提議當真很令人高興，能感受到大家都充滿幹勁。

正因為如此，我的心情才特別糾結！

「那個！其實問題就出在這裡！」

我站起身來說：

「確實『魔女之家』茶館截至去年都舉辦得非常成功，問題是規模大過頭了。當時甚至幸虧有瓦妮雅化成利維坦幫忙運送桌椅過來，但那樣已然超出茶館應有的規模喔……」

單論規模的話，根本就如同啤酒花園了。

由於別西卜帶來的魔族們也有幫忙經營，因此我無法確定那天總計有多少工作人員。

「那個……我原本只想打造出一間『讓顧客來放鬆一下的小小茶館』，但規模竟在不知不覺間一年比一年辦得更大……」

我不由得雙手抱頭。

「再照這樣下去，不難想像今年的規模會更盛大……到時不只是整個南堤爾州，而是會演變成傳遍王國境內的大型活動……如此一來，弗拉塔村舉辦的熱舞祭會被我們喧賓奪主……」

這等規模將遠超出我所能掌控的範圍。

真要說來，去年那場就幾乎已經超出上限了。

「確實發展成上萬人湧入這裡的話，勢必會把那些擅自在周圍擺攤的商人或打算趁機行竊的扒手等問題人士都吸引過來……這樣對弗拉塔村而言也絕非好事。」

生性認真的萊卡歪著頭提出意見。

吸引上萬人光臨的茶館就再也算不上是茶館了。

「正是如此，若是規模再繼續擴大下去，一年之中勢必得花費大半時間來進行茶館的準備……那麼一來，我們根本就是哪來的活動企劃公司了……」

儘管這世上莫名滿多節慶之類的活動，卻絕不會從一個月以前就開始準備。一般來說考量到招募店家、租借會場、聘雇工作人員以及處理各種雜事，恐怕得從一年前就開始籌劃。

就像學校的文化祭，各班也不可能從一週前才決定要辦什麼活動。至於會販售食物的班級，也必須向校方提出申請，因此文化祭執行委員會是更早就開始工作了。

「魔女之家」茶館別說是一隻腳踏入大型活動的境界，真要說來是跌進其中並深陷到快要難以脫身的地步了！

「話雖如此，事到如今想縮小規模也相當困難吧？原因是茶館早已聲名遠播，單就賓客人數而言肯定會更勝以往。」

「師父大人，光是我們使用賓客一詞，就已經下意識將這件事當成是大型活動了……」

「沒錯，哈爾卡拉說得很對。」

在一般情況下，茶館不會將顧客形容為「賓客」。

老實說隨著時間逐漸接近熱舞祭當天，我就越來越煩惱該如何解決這件麻煩事。

儘管顧客多到令人傷腦筋能算是「值得慶幸的哀號」，但發展至如此規模就真的會讓人叫苦連天。

「主人，乾脆今年就停辦吧。」

芙拉托緹非常瀟灑地拋出這句話。

「反正我們並沒有宣布說要舉辦，所以就算停辦也輪不到外人來抱怨。」

「妳當真是講話不經大腦耶……我們的茶館已對吸引民眾來參加熱舞祭一事產生影響了，自然也不能隨隨便便就宣布停辦……」

萊卡嘆了一口氣如此說著。

「為何我們非得顧慮弗拉塔村不可？他們是他們，我們是我們。更何況祭典的賓客人數不如去年就算是失敗嗎？相信他們肯定不會放在心上，依舊是悠悠哉哉地每年照常舉辦吧？」

「唔……就因為這件事無法僅憑合理的角度來討論，亞梓莎大人才會那麼頭疼……所以麻煩妳多顧慮一下這部分啦……」

想想要像萊卡這種會為大局考量的人，才會對這種事態感到棘手……

不過我能理解芙拉托緹想表達的意思，反觀萊卡的發言則是很有道理。

村子那裡並沒有派人來跟我們商量「魔女之家」茶館的事情，換言之停辦也無所謂。

可是當真停辦的話，恐怕會對村子造成影響……
我將目光飄向哈爾卡拉。
這種時候，我覺得向身為經營者的哈爾卡拉徵求意見或許會比較好。
「啊～既然這樣，要不要考慮採取人數限制呢？」
「人數限制？」
居然冒出一個出乎意料的詞彙。
「沒錯沒錯，簡單說來就是發放能光顧茶館的號碼牌，唯獨持有號碼牌的顧客才可以進入店內。這麼一來，應該就不會因為顧客太多而造成混亂。」
「哈爾卡拉小姐只要沒喝醉的話，總能提供絕妙的點子呢。」
「小法妳這句話聽起來頗帶刺的……話說我喝醉時真有那麼糟糕嗎……？」
「哈爾卡拉小姐，既然妳直到現在都對這件事毫無自覺的話，法露法認為妳最好思考一下該如何控制酒量，原因是妳以前好幾次都鬧出差點無法挽回的大麻煩喔。」
法露法換上一個憂心忡忡的表情，哈爾卡拉見狀後不禁一臉尷尬。
「今後我會盡量注意的……那麼～我們先言歸正傳囉。」
畢竟今天並不是討論哈爾卡拉的酒品。
「而且在號碼牌上增添『您是○○時段的顧客，請記得提前報到候位，逾時將由其他客人遞補』，也能有效降低候位現場的混亂，大家覺得呢？」

「嗯嗯，雖然此舉會限制顧客人數，但要是容納過多顧客的話，也會給其他客人造成困擾，眼下就只能這麼做了。」
畢竟茶館又不是哪來的公家機關，這部分只能請顧客們多擔待了。
「如此一來，我們也能繼續舉辦茶館，就這麼辦吧。」
「啊、可是這麼做終究不太妙喔……」
哈爾卡拉臉色發青，狀似聯想到其他問題。
「按照茶館的人氣，一旦採取號碼牌制，肯定會有人為了轉賣而前來排隊，光是一張號碼牌就能高價售出……這樣的話會非常不妥……」
咦？竟然會衍伸出轉賣問題!?
「而且若是號碼牌的價格炒過頭，導致沒人願意購買時，難保會發生號碼牌被領光卻無人光顧的悲劇……反之在發放號碼牌時就先收錢的話，老實說也有點不切實際。如果茶館是採取固定菜單倒也還好，但偏偏我們並不是能請顧客預約餐點的那種店……嗯，這個方法不行，完全不行，我決定收回這項提議！」
「在所有人都還沒進入狀況之前，提案就被發起人主動撤銷了！」
我真沒想到身處在異世界裡，也會因轉賣問題而傷透腦筋……
不過茶館受歡迎到這種地步，的確會引來那些對茶館沒興趣，滿腦子只想拿號碼牌轉賣賺錢的投機客。

「活在世上還真辛苦，老是會被金錢擺布。」

羅莎莉感慨地說著。

「問題在於供需的平衡很難拿捏……想想開店還真困難耶～」

此時，夏露夏緩緩地舉起一隻手。

「夏露夏想發表意見嗎？」

「夏露夏認為茶館受歡迎的原因之一，就是每年只會舉辦一次。人們覺得唯有這天能光顧本店，才會像這樣一窩蜂湧來。」

「嗯～是可以這麼說。」

「既然如此，除了消除原因以外別無他法。只要我們改為隨時都在經營茶館，就能解決許多問題，所以人家提議在弗拉塔村或納斯庫堤鎮打造出全年經營的『魔女之家』茶館！」

夏露夏說到最後用力地睜大雙眼，模樣充滿幹勁。

「這提議也太宏大了吧！」

我萬萬沒想到有家人是認真想經營茶館。

可是……我又不想否決女兒的提議，這下倒是難辦了……

「假如當真這麼做，就等於是經營餐廳……這麼一來，將與我追求的慢活人生背道而馳……」

每天得一早去市場批貨，打烊後又要清理餐廳……

不行，光在腦中想像就覺得好辛苦。

並且這會害我的職業不再是魔女，而是餐飲店老闆了！

「那只要想開店時再開店不就好了？採取這種顧客運氣好才有機會光臨茶館的經營方式也挺輕鬆的。」

芙拉托緹的意見再次令萊卡感到一陣傻眼。

「按照妳的方法就會失去全年經營的意義……而且經營天數太少的話，又會吸引大批人潮重蹈覆轍……」

「夏露夏覺得不必讓家人來顧店，反正本店提供的餐點是只要學會做法，任誰都可以製作出來。就像我們全家人並沒有誰是職業廚師，卻還是能夠做出餐點，所以這部分沒問題的。」

夏露夏的意思是我們只負責管理茶館……

我整個人趴在桌面上。

「這麼做確實可以解決顧客過多的問題——但這樣也就不再是罕為人知的小茶館了。」

我原先的目的已蕩然無存了。

「媽媽，畢竟去年就已經不是罕為人知的小茶館。」

「小夏說得對。師父大人，一旦打響名聲之後便會廣為人知，諸如隱藏於王都巷弄內的美味餐廳就是任何饕客都再清楚不過喔。」

夏露夏與哈爾卡拉賞我一記當頭棒喝。

所謂的打響名聲就是會變成這樣。

「也對，那就讓想經營茶館的人去做吧，我決定退出……」

我因為湊巧把等級練滿而毀了自己的慢活人生，如今則是茶館受歡迎到對我的慢活人生造成威脅。

那我就回歸初心不再逞強，乾脆什麼都別做好了。

就在這時，傳來一陣門被用力推開的聲響。

怎麼？是桑朵菈來了嗎？

不，桑朵菈就坐在位子上，因為對話題不感興趣正在睡覺。

那到底是誰來了？

「我已聽見妳們討論的事情了！」

是松樹妖精蜜絲姜媞跑來了。

「……老實說，我不明白妳是如何聽見的。」

「啊、我並沒有在竊聽喔，而是附近長著一棵松樹對吧？松樹聽見的聲音與我親耳聽聞毫無分別。」

「嗯，就把那棵松樹砍了吧。」

這不就跟竊聽沒兩樣嗎？

一想到有可能遭人竊聽就覺得不太舒服。

「拜託請別那麼做！假如少了那棵松樹，我在弗拉塔村成立分殿的意義將會跟著大打折扣！」

那棵松樹可說是在蜜絲姜媞的算計之下才種植的……

「那麼，蜜絲姜媞小姐妳打算怎麼做？」

萊卡迅速起身走向廚房，看她的樣子應該是去幫蜜絲姜媞泡茶，真是個聽話的好孩子。

「嗯，請由我來負責經營『魔女之家』茶館吧。」

沒想到這麼快就找到店長了！

「若是不多元化經營，松樹神殿將難以維持下去，所以我想盡可能全方位發展。」

「嗯~……只要妳不會以低薪來壓榨當地居民，我是可以同意妳這麼做。另外不能看準是高原魔女家生產的蔬果沙拉，就趁機哄抬價格開黑店喔。」

「亞梓莎小姐，妳似乎對我一點信心都沒有……這令我還滿受打擊的……」

抱歉，這只能說妳是自作自受。

單就貪財這點，蜜絲姜媞與武史堪稱是兩大巨頭。老實說武史的經濟狀況還算穩定，反觀蜜絲姜媞就非常不妙了。

「關於這點請放心，更何況我是打算讓神殿的職員們來店裡工作。雖然有幾名職員必須由我親自邀請，但現在無法顧慮那麼多了。」

「妳是想讓神官們從事餐飲店嗎……？給他們去做這種陌生的工作會很辛苦吧……？」

蜜絲姜媞搖頭回應。

然後無力地低下頭去。

「我這裡有許多為收入太低所苦的神官……這年頭的神官光靠信仰是無法生存下去的，若能藉此替他們創造工作機會反而剛剛好……畢竟信徒的人數太多，每個人能工作的時間恐怕相當有限……」

還真是現實無比的問題。

「好吧……『魔女之家』茶館就交由蜜絲姜媞妳來經營。」

有一部分的原因是得知她想幫神官們增加工作機會，令我實在不忍心拒絕。
而且就算惹出問題，終歸也只是一間茶館。
不會造成人員傷亡或導致誰陷入痛苦深淵。
「真是太感謝妳了！既然繼承名店的大名，我一定會全力以赴的！」
「這茶館至今總計也才營運兩天，所以算不上是什麼名店啦……」
這樣對於真正的名店太失禮了。
「那我把食譜傳授給妳，其他細節妳就自己看著辦吧。」
「我知道了，等找好地點與神官們皆前來報到時會再通知妳。我會把神官們訓練到能夠忠實還原餐點口味再開店的。」
「就提醒妳別將這茶館說得好像哪來的名店。」
雖說提供的餐點算是還不錯吃，不過我們的茶館是基於話題性而非靠著美味打響名聲。
但只要茶館在熱舞祭展開之前開店，理應就能避免人潮過度集中於一處。儘管祭典期間會吸引各地的民眾前來參觀，不過鄰近的居民可以避開人潮太多的日子來訪，至於得花費一週時間特地跑來的觀光客則應該偏少才對。
我本以為茶館問題至此算是徹底解決——結果證明我太天真了。
「大姊，方便打個岔嗎？」

頭頂上方傳來羅莎莉的聲音。

「我覺得『魔女之家』茶館受歡迎的主要原因是萊卡大姊頭喔……」

語畢，羅莎莉將目光移向萊卡。

「……啊！羅莎莉小姐，請妳不要說這種奇怪的話！我並沒有做什麼值得一提的事情……」

萊卡滿臉通紅地拚命否認。

包含她否認的模樣在內都看起來很可愛，可惜的是這麼做並沒有任何意義。

嗯，萊卡的服務生打扮幾乎算得上是一種傳說。

縱使上述形容略為誇大，不過我個人認為相當接近事實。

「要是萊卡大姊頭在熱舞祭展開前沒能現身於店內的話，我相信有些顧客會大失所望……當然我無法強迫大姊頭一定得這麼做……」

「沒、沒那種事！茶館理應不是顧客為了看見某位特定員工才光臨的場所！就只是供人休息的地方吧!?」

這句話的確很有道理，偏偏去年有不少顧客就是想來一睹萊卡的風采。

「萊卡小姐！即使只是短時間也行，懇請妳在祭典開始那天來店裡幫忙！畢竟經營餐廳最重要的時期就是開張期間喔！」

蜜絲姜媞聲淚俱下地向萊卡求救。

雖然此舉莫名讓人覺得她是小題大作，不過蜜絲姜媞神殿的營運狀況似乎經常呈現赤字，所以才對開店一事不能輕易妥協吧。

萊卡也露出一副如今已由不得自己拒絕的樣子。

「這次是情況特殊才答應妳喔……？另外我無意在店裡工作多少天喔？」

萊卡在百般叮嚀後答應了。

「這種事反而是給顧客留下平常看不到的印象會更好，每年只有一天就足夠了。」

這個小妮子好歹是受人信奉的妖精，希望她說話時多少還是要保持應有的威嚴。

不過關於「魔女之家」茶館的各種問題，至此算是已迎刃而解。

令我莫名有種放下肩頭重擔的感覺。

◇

茶館就坐落在弗拉塔村與納斯庫堤鎮兩處中間某塊空無一物的區域。

或許是蜜絲姜媞身為樹木妖精的緣故，工程進度飛快無比，在獲得我同意的兩天之後就建好茶館了。

「啊~妳把茶館命名為『松樹妖精之家』呀，我認為這樣很好。」

畢竟我完全不會來店裡幫忙，因此比起取名為「魔女之家」，改成這個店名會更妥當。

「是的，原因是若有顧客投訴萊卡小姐沒在這裡工作會很令人困擾，於是我才決定叫做『松樹妖精之家』。」

儘管理由乍聽之下頗小家子氣，偏偏麻煩的地方或許就是不能小覷這件事。

「關於審查是否成功重現料理口味一事，就等神官們抵達之後再麻煩妳了。我已透過松樹對各地的神官下達神諭，相信大家不久之後就會過來了。」

信奉的妖精下達神諭，內容卻居然是叫大家來餐飲店工作，不知神官對此是作何感受……還是說對這種詭異神諭深信不疑的神官才算虔誠呢？

「其實我是很想提升神官們的年薪……但在他們就任當時，我也有盡到告知的義務，闡明本神殿是慘澹經營……大概吧。」

「這年頭想經營神殿還真艱苦耶……」

很可惜世間就是這樣，若有廣受人民信仰的宗教，自然也存在著乏人問津的宗教。

話說回來，我在抵達這裡時就一直有個疑問。

「吶，為何妳要將茶館開在這種半吊子的地點？從這裡到任何一處鄉鎮都有段距離喔。」

沒錯，此處並非鄰近納斯克堤鎮或弗拉塔村。

對往來於兩地的民眾也許是剛剛好，可是看在一般人眼裡都稍嫌不便。

「最主要的理由是地價便宜。」

「真是個不該出自妖精口中的理由……」

想想要是不缺錢的話，蜜絲姜媞也不會提議經營餐飲店。

「另外，這裡無論有多少顧客排隊也不會給人造成困擾。比如說開在弗拉塔村裡，一旦祭典開始時有太多人排隊總是很不妙，若與鄰居起爭議又非常麻煩。」
「沒有任何一點與松樹妖精有關的因素……」
不過這些顧慮仍算是設想周到。
「再來是這附近的松樹都生長得特別好。」
不遠處確實有一段省道彷彿是由松樹組成的林蔭隧道。
儘管可能是基於我前世的刻板印象，但是多虧這些松樹讓此處很有和風的感覺，看起來宛如高級日式餐廳的院子。
「直到最後才把這部分的理由說出來，蜜絲姜媞妳還真是在奇怪的地方特別誠實呢。」
若想假裝自己很有眼光的話，一般都會先把這部分當作是主要的理由。
「雖然意志很重要，但錢財也不可輕忽，而且現實往往是金錢更加重要。」
「妳這些心底話最好別在神官們的面前說出來喔……」
感覺神官們聽了會大受打擊。
「順帶一提，後院內有興建祠堂。」
確實後院裡設有一間刻上「松樹妖精蜜絲姜媞」這行字的小型石造祠堂。
整體感覺就如同一間院子內設有小祠堂的民宅。
祠堂前則擺有以下這面立牌。

此處祭祀松樹妖精
蜜絲姜媞
此乃蜜絲姜媞神殿正式同意興建的祠堂，歡迎參拜時投入香油錢。
保佑項目：
旅途平安
植物生長
各種疑難雜症

「拜託別寫出這種想向人討要香油錢的內容啦！」

「此話差矣，能注意到這類細節才是通往成功的途徑！像那種小看一枚金幣的人，日後將會因為一枚金幣吃大虧！就算有人只捐獻一枚金幣，我也會心懷感激地收下那枚金幣的！」

這個小妮子還真狡猾，硬是以冠冕堂皇的話語來高談闊論。

「可是相較於一枚金幣，能收到一百枚或一千枚金幣總是更令人開心吧？」
「這是自然！」
隨著我越是深入瞭解妖精或神明，就越是令我打消信仰宗教的意願。
恐怕這就與人進入自己夢想中的業界之後，逐漸對該業界心灰意冷的情況差不多吧……

一如蜜絲姜媞當初所言，各地蜜絲姜媞神殿的神官們在數天後都群聚於此。
為了傳授茶館的食譜，我再次造訪「松樹妖精之家」。
以下是神官們對我所說的話語。
「由於我所在的神殿是將大部分空間都改建為馬車停車場才勉強維持下去，因此這份工作當真是及時雨。」「我是將土地賣掉改建為三層樓的商店，並在商店後面勉強搭出一間神殿。」「生長在我神殿境內的松樹都快枯死，看起來十分蕭瑟，偏偏又沒錢重新種植。」「這年頭的神官沒有兼職就活不下去。」
居然不論哪裡都是慘澹經營！
「諸位信徒，請別繼續在那邊炫耀誰比較可憐，接下來就麻煩大家務必完美重現『魔女之家』茶館的餐點。」
蜜絲姜媞拍了拍手對神官們說著。

「遵命，偉大的松樹妖精蜜絲姜媞大人。」「竟有幸一睹您的尊榮，我這輩子都不會忘記的。」「我對入教一事從來沒感到後悔過！」「我們一定要振興本教！」

真虧這群人見到態度如此輕浮的妖精也沒有失去信仰！

「聽好囉，亞梓莎小姐接下來會傳授『魔女之家』茶館各餐點的食譜，各位務必把她當成松樹妖精般尊敬。」

「謹遵吩咐！」「即使您吩咐我把鞋子舔乾淨也沒問題。」「我就算被您用松葉戳身體也會忍住的。」「您拿松果卯足全力砸向我都不成問題。」

他們的敬畏方式奇怪到讓人覺得很噁心！

「話說各位曾經見過松樹妖精嗎？你們都不覺得驚訝嗎？」

「因為本尊的個性一如神諭給人的感覺是非常輕浮。」「如果來了一名長滿白鬍鬚的嚴肅老人，我反而會覺得是詐欺。」「沉淪時是不分妖精或神官的。」「畢竟她長得比我老婆美多了。」

對話的內容簡直跟里民聚會毫無分別！

我原以為傳授食譜的過程會困難重重，但幸好這群神官都很認真學習，沒多久就學會料理的製作方法。

事實上這些料理都沒有使用任何獨門醬料，所以想重現口味是相當簡單。

「嗯，這麼一來，就算宣稱完美繼承『魔女之家』料理的口味也沒問題了。」

與蜜絲姜媞一起試吃餐點的我說出感想。

正值休息時間的神官們都已前往城鎮放鬆一下。

「那真是太好了，老實說只要弗拉塔村和納斯庫堤鎮的居民願意賞光，讓我們能藉此存點錢就算是達到當初的目標了。」

「蜜絲姜媞，妳這樣就太清心寡慾囉。雖然能看出妳很想賺錢，但是想努力賺大錢的幹勁還稍嫌薄弱。」

感覺武史與蜜絲姜媞的差別就在這裡，像武史就會有想趕緊藉此產生利益的傾向。

只見蜜絲姜媞靦腆一笑。

「因為相較於正宗的『魔女之家』茶館——這間店的店員們不夠迷人……全是些就連經營神殿都不會的年邁大叔……迷人的女店員可說是非常重要，我們勢必無法像充滿可愛女店員的餐廳那般賺錢……」

偏偏說出這種讓人不知該如何回應的話語。

「那個……我們也沒有特地從王都邀請人氣女演員來店裡當服務生，效果終歸有限啦……」

「亞梓莎小姐，妳這麼說就不對了。視覺上的享受同樣重要，我們在這方面是毫無勝算，就算完美重現餐點的口味也不可能生意興隆。口味的確是很重要，但終歸只是關鍵的要素之一。」
「既然你們開的是餐飲店，個人是希望別說得那麼現實啦。」
儘管我的心情頗為複雜，卻、卻還是衷心祝福「松樹妖精之家」茶館的生意能步上軌道！

◇

「松樹妖精之家」茶館於熱舞祭開始前一個月左右正式開店。
根據蜜絲姜媞的說法是生意比想像中好，整體上還算過得去。
只因為生意還算過得去就替對方感到高興或許很怪，不過茶館之亂對我而言在恰到好處的形式下獲得解決，讓我不禁鬆了口氣。
這次當真可以卸下肩頭上的重擔。
今年終於能夠放鬆心情去參觀熱舞祭了。
這就是我對熱舞祭本來的心態，稱之為回歸原點也可以。
——不過事實證明我太天真了。
隨著時間逐漸接近熱舞祭，在風和日麗的某天上午。

當我還想說是誰一大早就跑來拜訪，原來是公會職員娜塔莉小姐。

「高原魔女大人，今年的『魔女之家』茶館也拜託您了！」

「啊～嗯，這部分已由『松樹精靈之家』茶館接手——」

「公會這邊當然知道店鋪轉移一事！」

這種情況應該算不上是店鋪轉移，不過我能明白娜塔莉小姐想表達的意思。

「可是少了高原魔女與家人們在店裡工作的茶館終究不行！因此懇請您能夠答應！原因是祭典終究需要一個看點！此乃全體村民的請求！即便只在祭典舉行期間的一小段時間也行，不知諸位能否在轉移的茶館裡露個臉嗎？」

唔……來自村子的請求就有點難以拒絕……

為娜塔莉小姐準備茶水的萊卡剛好走了過來。

「那個……儘管非我所願，不過我會在前日祭時去店裡幫忙……」

「是！關於您的事情已有耳聞！全體村民都拭目以待！」

「妳是從哪裡聽說的……？啊～應該是茶館那邊……」

而且八九不離十……對蜜絲姜媞而言，像這種能吸引顧客上門的消息，豈有不大肆宣揚的道理。

「話雖如此！『魔女之家』茶館就是要各位都在場才得以稱為『魔女之家』！如果只有萊卡小姐一人，就會變成『萊卡小姐真可愛之家』了！」

「假如店名改成那樣，我是絕不會去店裡幫忙的。」

也對，換作是我同樣不想在店名叫做「魔女真可愛之家」的茶館裡工作。

「基於此因，由各位一起經營的『魔女之家』茶館才有其意義！事實上這已成為熱舞祭的重頭戲！而這也是全體村民的意思！」

「但我們也才舉辦過兩年喔，這樣當真沒問題嗎!?」

「當然沒問題！因為高原魔女您可是比熱舞祭的歷史更長壽喔！」

我莫名被娜塔莉小姐戳到痛處。

想想也是……就我看來，熱舞祭也不是什麼歷史悠久的祭典。

另外我想再重申一次，來自村子的請求當真不方便拒絕。

原因是我們平常都承蒙村民們的照顧，如果拒絕就太不好意思了……

「那個，即使茶館開在弗拉塔村和納斯庫堤鎮之間，仍有可能會因為顧客人數超越去年而導致現場發生混亂。不，是一定會陷入混亂。」

「公會已發出委託聘僱許多冒險者來幫忙指揮交通。既然公會這邊拜託魔女大人經營茶館，自當會全力配合！為了避免顧客太多，到時將採取號碼牌制！」

「可是這麼做會有轉賣的風險——」

「為了避免有人轉賣，我們會聘僱冒險者嚴格取締！」

公會那邊意外地已做好各種對策！

事到如今已由不得我拒絕了！

「我知道了……但只有祭典前幾天喔……」

至少我會去店裡幫忙，可是只拜託萊卡一人又好像有點怪怪的。

「真是太感謝您了！本日的重要工作終於完成了！」

娜塔莉小姐意氣風發地離去了。

之後換成蜜絲姜媞來到這裡。

「那個，如果可以的話，前日祭那天不光是萊卡小姐，希望其他人也能來店裡幫忙——」

「嗯，我明白了，沒問題。」

「拜託妳可以答應…………咦？這是真的嗎？」

事已至此就放手去做吧！

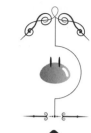

今年也舉辦「魔女之家」茶館

She continued destroy slime for 300 years

於是乎，今年終究還是要舉辦「魔女之家」茶館。

話雖如此，地點並不在高原之家，而是改在蜜絲姜媞的茶館裡。另外店裡已有各種所需物品，準備方面也就不必那麼費工了。

至於服裝也有以前做好的服務生制服。

「我剛剛有把放置許久的制服拿出來試穿一下，衣服並沒有被蟲蛀破，前日祭當天可以拿來穿。」

「師父大人，胸口的釦子不知為何扣不起來……」

「妳是在炫耀嗎——!?」

哈爾卡拉，妳這樣假裝困擾實則炫耀的行為很不可取，是真的非常不可取。

「我沒有那個意思……明明我又沒吃多少肉，這樣也會變胖嗎？」

「即使妳沒吃肉，偏偏妳喝起酒來是一瓶接著一瓶呀……」

「啊～所以養分才全跑到胸部去了。」

「妳果然是在炫耀吧——！」

一般而言不會光長胸部的。

「哈爾卡拉，若是當真很緊的話，稍微弄破一點也行喔。」

芙拉托緹提供一個非常糟糕的解決辦法，而且不該採用這種不可逆的手段。話說回來，把衣服弄破只會看起來很下流。

我試穿完後，開始幫桑朵菈換上服務生制服。

「唔～穿這樣實在讓人靜不下來，好想鑽進土裡……」

「不可以穿著這套衣服進入土裡喔……另外當天只需稍微露個臉就好，畢竟我們這次就只是類似去幫忙炒熱場子而已。」

我覺得桑朵菈相較於從前，開始會注意自身打扮，不過服務生制服與打扮無關，確切而言是工作服，所以她為此忍耐實在沒有多少意義。

「也對，假如我想進行光合作用的話，會自己找時間去外頭哈一下。」

這說法聽起來像是要出去抽根菸，但植物似乎並不適合在室內勞動。

「而且這裡的松樹也很溫和。」

「……嗯，因為我對此完全無法理解，你們植物間就自己好好相處吧……」

羅莎莉忽然從地板冒出來。

在我施展的換裝魔法之下，她已換好服務生制服了。

「大姊妳今年整體上給人一種公事公辦的感覺。」

「事實上是截至去年都太拚了，所以這次打算順其自然。」

主要就是不逞強也不操勞。

對各方面都量力而為。既然我無法保持隨時都全力以赴，而且沒有全力以赴就不能達成目標的話，等於是在計畫階段便已宣告破局。

由於我並沒有想實現要在今年內成立幾十間連鎖店這類的目標，因此沒必要設法擴大規模。今年就放輕鬆地經營茶館吧。

「……但這終歸只是目標而已。」

「大姊，妳的眼神裡沒有笑意喔……」

「縱使我們想順其自然，偏偏光是我們的朋友或熟人來訪之後，八成又會讓事情一發不可收拾……這部分就是所謂的不可抗力，所以我已做好船到橋頭自然直的心理準備了。」

若是只有那幫魔族倒還好辦，偏偏歸類為神明的那票傢伙也可能會來參一腳。

唯一的救贖大概就是這裡頭應該無人對我心懷怨恨才對……

「啊、當別西卜過來時，得提醒她不需要派利維坦來幫忙……」

即使弗拉塔村周邊的居民們都已司空見慣，卻難保不會嚇到觀光客。

而且再讓利維坦幫忙運送貨物的話，規模就會又像去年那樣過於龐大。

順帶一提，別西卜於兩天後確實找上門來。

「啊～小女子今年是預計騎乘飛龍，所以妳放心吧。」

「是嗎？既然是飛龍就不要緊了。」

老實說我也沒把握，畢竟我對這方面的感受已逐漸麻痺。

「對了，亞梓莎，小女子今年不必來店裡幫忙嗎？」

別西卜明明貴為農業大臣，卻以文化祭是否需要幫忙的態度開口發問。

「妳的心意我是非常高興，不過今年想辦得收斂點，更何況茶館也開在類似鄉間小店的偏僻地點。」

「是嗎是嗎？想想這本來就是村裡舉辦的小型祭典，這麼做或許剛剛好吧。」

嗯，熱舞祭原先是個小規模的祭典，並不會吸引全國各地的民眾共襄盛舉，甚至稍早之前也未曾想過會吸引觀光客前來參觀。

但就算規模偏小，並不代表從中得到的幸福也跟著縮水。

這場祭典就該符合弗拉塔村的規模，很高興別西卜能夠理解這點。

「那麼，小女子這邊就自己看著辦囉。」

「啊～嗯——咦？妳剛剛說自己看著辦……到底是想怎麼辦？」

因為別西卜馬上就向法露法與夏露夏的房間走去，讓我無法進一步確認。

「應該沒問題吧。嗯，肯定是這樣的……」

◇

終於來到熱舞祭的前日祭當天。

一般而言，「終於」一詞理應用來形容熱舞祭當天，不過我們的茶館是在祭典前一天開張，所以算是莫可奈何。

為了前往茶館，我們一家人首先來到弗拉塔村。

嗯，村裡並沒有任何異狀，瀰漫著熱舞祭一貫的氛圍。

至於公會旁有個臨時攤位，上頭寫著「『魔女之家』茶館號碼牌發放處」，能看見有人已在那裡排隊……這部分就當作是誤差範圍內吧。

接下來能看見廣場上就如同歷年那樣有許多攤販。

這部分也沒有異狀——

古董
黑暗精靈堂
本店的商品都是
贗品，價格親民。
※ 另外高價收購馬可西亞不
服輪侯爵的相關物品。

「多出奇怪的攤販了！」

能看見一名眼熟的黑暗精靈正在兜售陶壺或碗盤。

那是怪盜凱荷茵，她曾進入哈爾卡拉製藥博物館行竊，可是以行竊二字來形容她的手法又好像不太恰當……

「哈！哈！哈！這些都是怪盜凱荷茵我便宜引進的便宜商品！而且是無愧於天地跟精靈家鄉的正派經營！」

「我看妳根本不必再以怪盜自居了吧！」

「喔~好久不見啊！要不要買點什麼再走呀？妳看這面大盤子是昔日某知名陶藝師製作——然後被人仿造出來的贗品，妳看看這精緻的手工，現在正便宜促銷喔！」

「妳還是一樣那麼誠實！可是這盤子太重，等我們要返家時會再來逛逛。」

接著我們來到通往省道的道路上。

「松樹妖精之家」茶館（唯獨今日叫做「魔女之家」茶館）就位於這條路的前方。

這是一條稀鬆平常的鄉間小路，我們放輕鬆地慢慢走著。

「亞梓莎大人，多虧號碼牌的效果，一路上都沒看見排隊的人潮。」

這次確實沒出現沿途擠滿排隊人潮的光景。

「要是大排長龍到村莊入口附近的話，情況可就不妙了。畢竟這裡是直到茶館開張前都沒有其他店家的——」

「亞梓莎大人，前方不遠處有許多攤販……」

咦……？這地方不太有人會來，就算在此擺攤也沒啥生意能做喔。

若有人族商人看準去年的熱舞祭人潮而跑來這裡做生意，總覺得會有點愧對這些人。

不過放眼望去沒幾名人族商人，

而是一整排魔族開設的攤販！

「就想說她們可能會打什麼歪主意，果然不出我所料！」

隨後便看見別西卜從遠方飛了過來。

「我們並沒有在打歪主意，是有正式取得擺攤許可。」

別西卜手裡拿著一疊擺攤許可證書，上頭有弗拉塔村村長的簽名，以程序上而言是毫無問題。

「好吧，隨你們高興。不過出了省道之後，就不屬於弗拉塔村的管轄範圍囉。」

「無論是南堤爾州或納斯庫堤鎮的許可證都已經取得囉。」

「好啦好啦！只要合法的話我就沒意見！」

途中，我發現朋德莉與諾索妮雅合開的攤位，她們在販售遊戲相關商品和各種服飾，乖乖做著接近自己老本行的生意。

「亞梓莎小姐，好久不見！因為妳是我的救命恩人，想買什麼都會算妳便宜點的！」

「謝謝妳，諾索妮雅，不過現在買了東西會增加負擔，等回家時我們會再來看看……」

諾索妮雅的攤位是特價販售瑕疵衣物，大概就類似於outlet吧。

話雖如此，除了遊戲商品跟服飾以外，大部分都是與食物有關的產品。

「亞梓莎大人，販售嗆辣料理的攤位好像特別多，像那邊就一連有五個攤位。」

如此說著的萊卡手裡就握著一根看起來很辣的羊肉串。

「誰叫魔族都偏好辣味料理。」

即使我想順其自然，偏偏祭典的規模又擴大不少……

至於羅莎莉則是一直看著與攤販恰恰相反的方向。

「大姊，聚集在此的幽靈數量多到前所未見，真是熱鬧呢～」

「唔！這是我完全不想得知的情報……」

但確實聽說過舉辦祭典時很容易吸引幽靈上門……

老實說幽靈這點小事無須大驚小怪。

就連古神蒂嘉利托斯提小姐（簡稱蒂嘉小姐）也跑來這裡逛大街。

觀光客的種族當真是非常多元！

儘管乍看之下她是個擁有一頭亮綠色秀髮的尋常女性，但問題是沒有小心應對的話，她就會化身為危險人物，而且是真的會給世界帶來危機……

「喔～！這糖果辣辣的呢～！」

看她的反應似乎很享受祭典，感覺應該不要緊才對……

蒂嘉小姐注意到我們之後，朝我們揮了揮手。看那樣子大概沒問題吧。

攤販多到是毫不間斷地一路延伸至茶館附近。

而且通向納斯庫堤鎮的道路也有人在擺攤，總計到底有多少攤位呢？

雖說並非全都是魔族在擺攤，但能肯定是由魔族主導。

事到如今，我們想避免受人矚目已然是痴人說夢……

我們從茶館後門進入更衣室後，蜜絲姜媞已等在裡面。

「今日請各位多多指教！我會將大家的實力全都烙印於眼底！」

「問題是我們的實力就只有打工三天的程度，而且第三天還是今天。」

只可惜我這番話沒什麼說服力。

原因是萊卡已迅速換上制服。

「這套衣服不管穿幾次還是難以習慣……莫名有種都長大了還在穿學校制服的感覺……」

「嗚哇……好刺眼……萊卡亮麗到令我快睜不開眼睛了……」

「亞梓莎大人，妳這麼說實在太誇大了！怎、怎麼可能會有那種事嘛……」

儘管我誇張地用手遮臉，不過萊卡當真十分適合這身打扮，看起來很可愛是不爭的事實。

其他家人的模樣也都將我迷得有些神魂顛倒。

「光是有充滿氣質的萊卡小姐負責接待客人，就能保證當天會生意興隆。老實說真想邀請她來擔任婚禮活動的代言人呢。」

「我完全能理解妳的心情，真想看看她換上婚紗的模樣，可是她應該不會答應吧……」

「明明又沒有要和人結婚，怎麼可以穿成那樣嘛！這套制服已是我的極限了！」

的確沒事就穿上婚紗會讓人既害羞又很不自然，因此最為適合萊卡的還是服務生制服吧。

「料理的重點果然不在用心程度，更不是味道，而是服務生的姿色。」

「這番論調已然脫離料理的範疇，而且等於將『松樹妖精之家』茶館批評得一無是處……」

開店前，我們所有人聚集在一處。

「各位，今天有透過發放號碼牌的方式來控管顧客人數，因此我相信不會像之前那樣忙得不可開交，大家只要腳踏實地履行各自的職責就應該沒問題了。」

雖然我並不是領班，但終歸是一家之主，所以才由我負責精神喊話。

看來我也漸漸習慣這類工作了。

「不過這裡與我們熟悉的工作環境稍有不同，或許會遭遇不習慣的狀況，要是當真碰上了也別驚慌，保持冷靜的態度應對即可。」

家人們紛紛以「是」或「明白了」等話語做為回應。

即便沒有回答得異口同聲，卻讓人覺得很符合我們的風格。
而且大家都顯得神采奕奕。
嗯，相信我們一定沒問題的。

那麼，開店時間到了。
我慢慢地推開店門。

「讓各位久等了，『魔女之家』茶館開始營業——呃！」

結果我立刻發出一聲怪叫。
「姊姊大人！我可是已經迫不及待了呢～♪」
「小女子就來好好體驗一下妳們的待客之道。」
第一批客人是佩克菈與別西卜，瓦妮雅和法托菈則站在兩旁。
「由於我們在此次的祭典裡鼎力相助，因此村子給予我們一號的號碼牌做為回報。」
法托菈淡然地解釋著。
「這怎麼聽都是公器私用吧！」

© Benio

終究還是變成這樣。

縱使我想順其自然，周遭的人卻會卯足全力前來礙事。

「請問需要支付多少錢，姊姊大人才願意在蛋包飯上寫下『最喜歡佩克菈』呢～？」

「這位客人，本店並未提供這類服務。」

我個人是希望以鄉間茶館的方式來招待客人。

況且以地點而言也算是相當合適，因此我打算盡可能堅守這樣的經營模式。

「亞梓莎小姐，我們沒有提前預約，想請問店內有提供一系列的套餐嗎？」

「瓦妮雅，本店也不是哪來的高檔餐廳喔！」

因為這幫人太難應付，我立刻領著她們前往座位。

好，我調整好心情去迎接下一組客人吧。

於是我再次推開店門。

「讓各位久等了，歡迎來到『魔女之家』茶館——噗呼！」

「如何？生意有興隆嗎——？明明就只是剛營業而已！鬼才知道生意興不興隆咧！」

「陛下，您因為無人吐槽就自己硬來，此舉可是違反禮數喔。」

這次的顧客是小穆和娜娜・娜娜小姐。

「諸位魔族好心將二號的號碼牌轉讓給我們。」

「徹底被人暗算了！」

「那麼～我這就來找茶喝啦。」

「陛下，您的措辭稍嫌粗俗。」

感到一陣渾身無力的我，領著兩人前往座位。

「師父大人，妳還好吧？需要跟我交換來負責掌廚嗎？」

此茶館的格局是能從廚房將店內看得一清二楚，所以哈爾卡拉才知道發生什麼事了。

「嗯……由於眼下的情況對心臟有點不好，麻煩妳暫時和我交換一下職務……」

我相信光臨茶館的顧客不可能全都是熟面孔，這狀況應該不會持續太久。

曾聽說若有朋友光顧自己的打工地點會讓當事者感到很鬱卒，看來傳聞確實所言不假。

話雖如此，我碰上的情況算是比較好的了。

當我走進廚房後，幫顧客帶位的哈爾卡拉立刻發出慘叫。

「為、為什麼我的家人會跑來這裡嘛～!?」

哈爾卡拉的家人們都來到店裡了！

「因為我們收到魔族贈送的號碼牌，放著不用多可惜嘛。」

哈爾卡拉的母親一臉理所當然地說出答案。

號碼牌制徹底被佩克菈公器私用！

果然任何事情都是一體兩面，要是沒有經過深思熟慮就採用的話只會吃大虧……

相形之下，朋友光顧打工地點算是好多了。反觀哈爾卡拉是面臨全家人都跑來打工地點的最糟狀況。

如果父母對正值青春期的孩子做出這種事，八成會被自家孩子徹底嫌棄……

「這裡有提供啤酒暢飲嗎？」

「當然沒有！那麼做就休想談什麼翻桌率了！另外若有人當場嘔吐會很麻煩，所以本店沒有提供含有酒精成分的飲料！」

哈爾卡拉在碰上家人時，居然能夠如此客觀理性地應對……

「姊姊，員工的家人來這裡消費能享有折扣嗎？」

這次發問的是哈爾卡拉的妹妹，她是個外表比哈爾卡拉更符合時下潮流的女孩子。

「怎麼可能有嘛！你們少在這裡胡鬧，若有消費就得照價付款！不如說是把錢交出來以後就立刻回去！」

哈爾卡拉的家人們陸陸續續走進店內。乍看之下是十分普通的一家人，不過他們皆散發出比哈爾卡拉更隨興的氛圍，感覺全都很不好惹。

哈爾卡拉垂頭喪氣地打開店門接客。

那模樣似乎是尚未從家人們造訪的打擊裡振作起來。

我、我說哈爾卡拉啊……反正不可能又有妳的家人來店裡光顧，應該不會再碰上嚇人的情況……換言之就是不會受到更嚴重的打擊，希望妳能趕緊調適心情……

結果哈爾卡拉再次驚叫出聲。

「哇！是熊！是熊！應該沒有熊棲息於附近吧！」

當真是沒有正常點的顧客上門耶！

「沒禮貌，白熊大公不會襲擊人的。」

啊、聽這嗓音——是席羅娜和她飼養的白熊大公。

「咦，妳怎會與白熊大公一起跑來呢!?」

我不由得從廚房大聲吐槽。

「義母大人，妳太大聲囉。反正白熊大公會用兩腳步行嘛。請給我一杯熱茶，以及一杯白熊大公要喝的冰水。」

這態度簡直跟哪來的小姑沒兩樣！

當我看見下一批客人是悠芙芙媽媽、水母妖精裘雅莉娜小姐和月亮妖精依努妙克小姐之後，不禁稍微鬆了一口氣。

雖說三位妖精光顧店內一事同樣屬於異常現象，但單就外表而言至少比熊正常多了。

「亞梓莎，瞧妳似乎很辛苦呢，若是累了就讓媽媽我來幫妳代班如何？」

「妳身為顧客不必那麼費心啦！」

我心中的緊張至此已煙消雲散。

熟人光顧店內的情況到這裡告一段落。

老實說光臨的親朋好友比想像中更多……

「師父大人，可以跟妳交換職務嗎？因為家人們一直在偷瞄我，搞得我心煩意亂……」

哈爾卡拉指著自己的家人如此抱怨。我能理解妳的感受，不過他們終歸是顧客，最好還是避免像這樣伸手直接指著對方。

「知道了，用餐區那邊交給我吧……」

幸好接下來都是一般顧客，讓我終於能進入工作狀態。

啊～果然今年的茶館辦得最符合茶館的氛圍，也有接近我心中的理想。拜號碼牌所賜，沒有出現顧客從一大早就在店門口大排長龍的狀況。儘管已是往事，不過去年和前年那種人滿為患的情況實在是太異常了。但今年也有不同的麻煩，就是偶爾會有一些想趁機捉弄人的傢伙……

「服務生，麻煩來一杯老樣子的。」

「妳哪有什麼『老樣子的』餐點！別假裝自己是常客啦！」

別西卜完全就是想搗蛋，才會說出這種垃圾話。

「另外，麻煩請由女兒們負責送餐，因為這樣能讓餐點更美味。」

「這位客人，本店不接受指定服務生──」

「拜託妳了！」

別西卜的眼神認真到讓人覺得有些可怕。

「好吧，這點小事就答應妳啦……」

在這之後，法露法與夏露夏兩手空空地從廚房走出來。

當我正想說她們怎麼沒有端來任何料理時，就看見桑朵菈推著一輛裝有餐點的手推車（這東西也叫做手推車是嗎？）跟在後面。

應該是桑朵菈表示她想負責吧……

「不好意思～有手推車要通過～顧客們請小心～」

「車上裝有熱騰騰的料理，打翻會很危險，經過時請注意。」
待餐點送達時，別西卜顯得十分興奮。
「每一道都看起來很好吃呢～！謝謝妳們製作這麼美味的料理！」
「這些料理都是哈爾卡拉小姐做的喔～」
「那點瑣事不重要，畢竟這些餐點都是妳們端來的。」
別西卜提出沒人能聽懂的論點。
麻煩妳在品嘗時，也能稍微對哈爾卡拉心存感激。
附帶一提，法托菈見別西卜露出這種態度是稍稍倒退一步。恐怕是因為平常一起工作過，才令她受到不小的打擊。
「這種時候一定要給點小費才行，那就每人五千金幣吧。」
這金額根本就是零用錢了！
我馬上提出抗議。
「這位客人，請別亂發零用錢給我家的女兒們！」
「怎麼？反正餐點的費用都有照價給付，其他事情妳管不著吧。」
「姊姊大人，請摸摸佩克菈的頭～♪」
「就說本店沒有這種服務呀！」
當我在應付別西卜時，佩克菈也跑來胡攪蠻纏，更加令我身心俱疲……

「亞梓莎小姐在大臣與魔王陛下的雙重攻擊之下陷入苦戰呢～」
瓦妮雅擺出一副自己這句話說得真妙的神情。唯獨法托菈靜靜地吃著料理。
「雖然餐點很美味，不過我妹妹做得更好吃。」
「這種話別當著店員的面說出來會比較好吧!?」
法托菈也嗓音清晰地拋出一句多餘的話語。更何況瓦妮雅的手藝近乎專業廚師，我的家人之中自然是無人的手藝能勝過她……
待女兒們離開後，別西卜等人這才安靜下來品嘗料理。
「真是一群麻煩的客人……」
但在我前去端菜的時候，突然「出現」更加奇怪的客人們。
理應沒有擺放座位的空間竟冒出一組桌椅。
梅嘉梅加神和仁丹就坐在那裡。
「我們也想點餐，乾脆就來兩杯神酒好了？」
「神酒記得要冰到透心涼喔～」
「妳們肯定沒有號碼牌吧！這樣已經違反規則囉！」
既然不是顧客，我也無意客氣應對。
「號碼牌是為了人類而非神明所設計的規則，因此並不適用於神明身上。」

仁丹一臉得意地反駁。

「外加上這組桌椅是我們帶來的，人類無權使用。」

這個滿嘴歪理的傢伙……

「請放心，其他人是看不見我們這桌的～」

「梅嘉梅加神妳也一樣，問題並不在這裡，做出擅自增加座位這種行為可是會被店家列入禁止光顧的黑名單裡喔。」

下個瞬間，仁丹一臉神氣說：

「畢竟顧客可是神喔！」

這位客人就只是想講這句話而已吧！

真要說來就是為此才光顧本店！

「那就別怪我很慢才把菜單送來給妳們……或是故意漏掉妳們這單……」

「既然如此，我們就單靠飲料吧死賴著不走囉～」

麻煩請別拿不存在於此世界的用餐方式來說嘴，當然本店也同樣沒有提供！

後來當我經過神明自備座位的旁邊時，發現死神奧托安黛也跑來了。算啦，總比座位無端增加好多了……

奧托安黛的外表與其說是異於常人，不如說她根本就是一坨毛球，所以一般人看不見她也是好事。

就算是不請自來的客人也終歸是客人，於是我依舊去幫她們點餐。

「身為作家就應該要有一間常去的茶館……至於敝人想點的飲料是神酒。身為作家就是想點菜單上沒有的料理，之後再被茶館正式納入菜單裡。」

「妳也太執著於形式了吧……」

「敝人願意把這裡當成是自己經常光顧的茶館……」

「除了今天以外的營業時間，就得取得店長的許可囉。好吧，我會順便幫妳問一下。」

我去找正在員工休息室處理事務工作的蜜絲姜媞。

因為專注於工作的模樣太適合她，反而讓她毫無一絲松樹妖精應有的氛圍。

「那個，請問店裡有賣神酒嗎？」

「咦？菜單裡沒有這個飲料吧……？居然有奧客堅持要點菜單上沒有的料理……我去向水系妖精打聽看看……」

「抱歉喔，因為有幾位神明登門光顧。」

蜜絲姜媞露出反感的表情。

「我萬萬沒料到會碰上這種客人耶！」

「另外死神想問她能否成為『松樹妖精之家』的常客。」

「死神是常客這種消息根本無法宣揚出去！若是在店門口張貼『這是死神推薦的茶館』這類標語，只會把一般客人嚇跑喔！」

這麼說也對，簡直就像是哪來的鬧鬼茶館。

因為我懶得應付這群神明，便領著蜜絲姜媞來招呼她們。

「那個，很榮幸諸位神明能蒞臨本店，無奈本店沒有適合招呼神明的餐點……咦？既然是妖精所經營，總比人類的店更適合神明光顧？就算各位這麼說……」

明明是神明和妖精在對話，內容卻與神聖莊嚴八竿子打不著。

我遠離她們之後，正在清洗碗盤的芙拉托緹說：

「即使是一年只經營一天的茶館也會發生麻煩呢。」

真要說來是以找碴為樂的惹禍精們會集中在這天前來光顧，因此肯定會引發各種奇妙的事端吧……？

「最好的解決辦法就是把這些奧客都列為禁止光顧的黑名單。」

這種簡單粗暴的解決辦法還真符合芙拉托緹的風格！

「因為藍龍經常被店家列入黑名單。如果不希望對方光顧，直接把話講清楚對大家都好。」

原來這是黑名單老手的經驗談！

在這之後，熟人們逐漸離開店內。

並不是我把她們趕跑，單純是因為她們較早光顧才會早早離開。

神明們自備的那桌不知何時也消失無蹤了。

哈爾卡拉在送走家人們後，趁著無人注意時偷偷擺出一個勝利姿勢。原來她對於這件事竟是如此反感呀。

看情況算是順利克服難關了。

「我很喜歡今年這種不會過度奢華的感覺。」在工作期間，一般客人對我說出以上讚美。

「謝謝誇獎。」

我恭敬地開口道謝。

嗯，太好了，有顧客感受到我所追求的經營理念。

我就是想經營一間不會太鋪張、能讓人放鬆心情的茶館，而這也是所謂的偏僻小茶館。

原因是過度熱鬧的店家，會令顧客和店員都感受到壓力。

「真是太好了呢，亞梓莎大人。」
幫忙清理桌面的萊卡似乎也聽見我們的對話。
「就是說啊。縱使時間很短，但我希望能讓客人們在這裡放鬆一下。」
此時店門被推開，應該是下一組客人來了。
「歡迎光臨『魔女之家』茶館！」
「不好意思，我是『月刊茶館之友』的編輯，此次前來是想採訪萊卡小姐！」
萊卡的人氣造成影響了！
「啊……我得進廚房幫忙……請恕我失陪了！」
想當然耳，萊卡迅速前往廚房避難。
「那個，我有依照規定領取號碼牌！並且會乖乖點餐，所以請稍微撥點時間讓我採訪一下萊卡小姐就好！」
嗯～這該如何是好。
好，就這麼辦。
我在臉上露出職業笑容說：
「我這就去請店長過來，請您稍待片刻。」
當店員遭遇無法擅作決定的事情時，就該立刻通報店長！
我馬上去請蜜絲姜媞過來。

救命啊！店長！

「您好～我是本店的店長，很抱歉因為您沒有提前申請，所以請恕本店拒絕採訪。另外本店也與店員約定好無須接受採訪才同意來幫忙。不過您光臨本店，將自身的用餐體驗寫成報導就無所謂，這部分請您多多指教。另外請注意，本店禁止任何人等待員工下班後擅自進行採訪，理由是此舉實際上等於無端增加員工的工作時間，還請您諒解。」

沒想到本店店長在這方面的應對毫不馬虎……

確實有客人是看上萊卡才光臨茶館，照此情形看來應該不會惹出嚴重的風波。

不過萊卡本人每次被人注視時就會害羞臉紅。

「等、等您決定好餐點之後，我、我、我會再過來幫您點餐！」

啊～真可愛～即便是同為店員的我也覺得萊卡是招牌服務生呢～

順帶一提，當客人大聲喊出「小萊卡真可愛！」這種話時，店長就會立刻出現。

「這位客人，請避免像這樣騷擾店員，因為本店的經營理念是希望大家能享受到一段安逸的時光。」

本店店長確實抱有會好好保護旗下員工的心態。

在回到員工休息室後，萊卡有感而發說：

「今年得好好感謝店長才行，真的是幫了我一個大忙。」

「嗯，說得也是。」

萊卡也徹底改口將蜜絲姜媞尊稱為「店長」。

儘管期間仍發生各種問題（大部分都是客人自身的問題），不過「魔女之家」茶館順利迎向打烊時間。

我們送走最後一組客人。

「歡迎各位再次光臨～雖然得等到一年之後，但『松樹妖精之家』茶館是全年照常營運喔！」

待店門關上後，我轉身向後看去。

身為店員的家人們已聚集過來。

「亞梓莎大人，辛苦您了！還好整個活動是圓滿落幕……終於可以鬆口氣了。」

「瞧萊卡妳擺出一副好不容易能擺脫壓力的樣子，真的是辛苦妳了。」

「希望下次可以跟芙拉托緹交換工作……」

「這部分就得與芙拉托緹商量看看了……」

附帶一提，芙拉托緹的工作是搬運食材和清洗碗盤。

她之所以都負責幕後工作，原因在於她的脾氣太火爆了。

「本小姐可是尊貴的藍龍，豈能對顧客卑躬屈膝。要是有奧客的話，人家可是會立刻把他變成冰棒。」

「——若是害客人受傷會很不妙，因此希望妳能諒解。」

「說得也是，一旦有人受害就無法挽回了……這樣的話，倒不如讓我繼續忍辱負重還比較好。」

桑朵菈好像已累到開始打瞌睡，不過法露法與夏露夏認為難得舉辦這類活動，於是叫醒桑朵菈帶她一起過來集合。

「夏露夏認為自己今年表現得更好。」

「法露法也有俐落完成會計的工作呢～」

「嗯，妳們兩個都很棒喔！桑朵菈也是個好孩子。」

我以母親的身分默默關注著桑朵菈，確定她有如實完成分內工作。

「嗯，我並不排斥偶爾來幫點忙。畢竟每天只懂得行光合作用就太廢了。」

桑朵菈這反應能當作是她在暗自竊喜吧。

另外，哈爾卡拉在結束工作的瞬間就開始喝酒。

「噗哈～！工作完畢來一杯真是太棒了！當然放假的日子來一杯也同樣很棒呢！」

「哈爾卡拉，這些酒肯定是妳提前準備的吧！算了，反正妳沒在工作時偷喝就好……」

雖然有碰上各種難關，但原則上算是大功告成。

蜜絲姜媞從員工休息室裡走出來。

「我已見識到各位今天的表現，當真是很好的參考，我決定活用在茶館平日的經營之中。」

「儘管不清楚是要如何活用，不過這部分就交由店長來判斷了。」

「各位可以直接下班回家好好休息，我已吩咐神官們明日提早來店裡打掃清潔。」

總感覺這樣已不是神官，根本就跟茶館的店員毫無分別，但這是松樹妖精與她神殿內部的問題，因此我也不便干涉。

「那今天好好休息，明天就去參觀熱舞祭吧。」

法露法立刻表示很期待明天要去逛攤販。

話雖如此，（拜魔族所賜）今天從納斯庫堤鎮至弗拉塔村之間已開設大量攤販……

不過從明天起，弗拉塔村應該會變得更加熱鬧。

在返家的途中，我到諾索妮雅的攤位買了一件衣服。

至於凱荷茵的攤位實在沒什麼吸引人的商品，所以我什麼都沒買，抱歉喔。

◇

在熱舞祭當天，我們全家人一同前往會場。

弗拉塔村從一早就出現比昨天更多的市集和攤位。

其中還有哈爾卡拉的商場對手——洞窟魔女艾諾所經營的攤販。

「明明生意都做那麼大了，居然還用心到親自來顧店。」

我向正在顧店的艾諾搭話。

「果然親自顧店能察覺到各種不同的事情，總是站在工廠經營者的立場上仍會有所疏漏。」

艾諾講到後半段時，將目光飄向哈爾卡拉。

「這個嘛～畢竟哈爾卡拉製藥的商品會販售至全國各地，沒有繼續擴展規模是不行的，而這也算是一種社會責任，至於那些不懂此道理的人永遠都不會明白啦～」

「那是因為妳過度量產而沒能去關心每一位顧客吧？」

「咦？妳是在毀謗我嗎？別逼我去提告喔？」

今天是舉辦祭典的好日子，拜託妳們別全面開戰啦！

我認為艾諾和哈爾卡拉之間算得上是某種同性相斥，可是把這句話說出口只會惹來一身腥，所以我決定保持沉默。

另外，今天有一個比攤販更吸睛的重頭戲。

那就是不分男女老幼聚集在村莊中央的廣場上，隨心所欲地舞動身體。

沒錯，今天是儘管跳舞準沒錯的特殊日子。

「大姊，其實我上次參加祭典時就有個疑問，像這樣韻律跟動作通通都因人而異地跳舞當真沒問題嗎？」

羅莎莉開口發問。現場情況的確如她所說，大家除了扭動身體以外沒有任何共通之處。

「嗯，這部分並沒有任何規定，大家只要動起來就好。其他大不了就是小心別受傷即可。」

法露法和哈爾卡拉此時已加入跳舞的行列之中，按照自己的喜好擺出動作。

「羅莎莉妳也放鬆心情加入吧，當然只想待在一旁欣賞也可以。」

話說回來，夏露夏牽著桑朵菈的手佇立在一旁，至於我也屬於不太能放開心胸參加的那種人。

「說得也是，反正再怎麼丟臉，死後的下場都差不多，我就難得來參加一回吧。」

羅莎莉揮舞著雙手加入其中。

能看出她越跳越起勁，表情也跟著放鬆下來。

「喔、明明只是單純地舞動身體，卻能讓人樂在其中呢！」

嗯，羅莎莉玩得開心就好，想想跳舞就是只要身體有動起來，自然而然就會感到開心。

不過——羅莎莉身上產生了很不妙的變化。

她露出彷彿得道般的表情，身體逐漸飄向天際！

「嗯，好開心，真是太開心了！簡直就像是要通往極樂世界呢！」

「等等，羅莎莉！停下來停下來！」

我連忙出聲制止。

「哎唷喂呀！真危險！明明只是在跳舞……差點就升天投胎去了！」

就是說呀，畢竟又不是在神殿裡聽人誦經超渡。

「羅莎莉小姐，有一說是這個熱舞祭源自於悼念死者的民俗儀式，所以才會對身為死者的妳發揮效用。」

夏露夏從旁提供十分專業的解釋。

看來這活動類似於日本的盂蘭盆節舞蹈……

「原來如此……即使只是跳個舞，若是不當心點也很危險。怪不得相較於昨天，這附近都沒什麼幽靈耶……」

表示它們都升天了嗎？如果這就是此祭典的目的，確實是值得令人欣慰。

「羅莎莉，享受祭典的方式有很多種，反正只要能沉浸在這歡樂的氣氛裡就好……」

「說得也是……光聽音樂就讓人覺得很開心。」

沒錯，現場播放著能讓人跳舞的音樂，同時從舞臺傳來優美的歌聲。

只不過我突然聽見必須注意的關鍵字。

「接下來要為大家獻唱的歌手，是來自菈米娜的庫庫小姐！」

伴隨一陣掌聲，只見庫庫扛著詩琴走上舞臺。

話說庫庫幾乎已是熱舞祭的固定表演者之一了。

不難想像……她又要為祭典帶來只會讓現場氣氛變哀傷的歌曲……

「那麼，我這次決定要努力為祭典炒熱氣氛！就請大家聽聽我帶來的歌曲——〈既然都要死的話〉！」

光聽歌名就能肯定會讓氣氛變低落啊！

可是庫庫似乎懂得迎合現場氣氛了。

這首歌的歌詞是在表達既然都要死的話，就該開開心心地享受人生。

曲調則是輕快的旋律，令人聽了能隨著節奏起舞。

「啊～庫庫也開始懂得變通了呢。」

「或許是宿驛站接力賽那次的事讓她有所省思……那個時候就連我聽完也不禁意志消沉……」

大家似乎都對宿驛站接力賽當時的慘狀記憶猶新……

「由於昨天來了一堆熟面孔，害我挺擔心她們會在熱舞祭當天惹出什麼麻煩，看這情形很可能只是我白操心一場吧。」

「亞梓莎大人，妳這麼說恐怕不太恰當……」

萊卡露出相當尷尬的表情。

啊、我這樣算是烏鴉嘴吧……

萊卡不知為何忽然用雙手摟住自己的身體。

「我莫名感受到一股惡寒，好像有什麼東西要來了……」

「萊卡妳這話是什麼意思？難不成是妳的家人來到現場了？」

既然哈爾卡拉的家人們有來參加祭典，萊卡的家人們來到現場也不足為奇吧。

「不是的，那點事情並不會令我產生惡寒——我覺得是某種更惡質的存在即將到來。」

在我納悶之際，現場彷彿陽光被烏雲遮住般忽然變暗。

我抬頭望去，發現有大量的龍族飛在空中。

而且來的全是藍龍！

「這是怎麼回事？那些是芙拉托緹的家人嗎？不，以數量而言實在是太多了……」

「芙拉托緹，妳可有聽說什麼消息嗎？」

萊卡對芙拉托緹翻了個白眼。

「人家什麼都不知道！而且也有可能只是恰巧經過啊。」

結果證明這群藍龍並不是恰巧經過。

他們接連化成人形進入會場。

「咦？到底是怎麼一回事？芙拉托緹，妳該不會捲進什麼糾紛之中吧？」

「若要鬥毆請在藍龍的村落進行……一旦在這裡開打，弗拉塔村會滅村的。」

「芙拉托緹是無辜的！人家當真是一點頭緒都沒有！」

即使芙拉托緹一點頭緒都沒有，卻存在著對方其實已與她結怨的風險……

假如苗頭不對，就只能在鬧出傷亡之前由我出面制止了。

儘管我並不想在人流眾多的祭典當天展現實力，但問題是事態緊急的話也由不得我選擇。這群藍龍來到村莊的中央廣場——也就是會場的正中央。

拜託你們別鬧事喔……因為是維持人形，應該無法施展攻擊範圍遼闊的龍息……

然後，這群藍龍——

——同時開始跳舞。

「就只是來跳舞而已！」

他們似乎完全沒有敵意，就這麼逕自跳起舞來。

但只有部分藍龍加入跳舞的行列，也能看見其他藍龍買了大量的烤肉串邊走邊吃。

「嗯～祭典真讚～」「總覺得好嗨呢～」「我今天要把帶來的錢通通花光。」

能聽見從旁邊經過的藍龍們如此交談著。

「他們似乎就只是想來參加祭典而已。」

萊卡露出一副渾身虛脫的模樣。

畢竟她經常被藍龍盯上，也難怪會特別緊張。

「好像真是這樣，可是怎麼會跑來這麼多藍龍……」

沒有一名藍龍是來找芙拉托緹的。

看著藍龍們熱舞的夏露夏說：

「相傳生活態度缺乏節制的人們，每逢祭典時就會無所顧忌地徹底玩瘋。而且對祭典由來越不感興趣的人，就越容易無拘無束地享受祭典。」

「這情形在街頭混過的人之中特別常見！」

話說在我的前世裡，總覺得祭典當天有時能看見留著流氓髮型的人們玩得特別嗨。

想來是藍龍這種族與祭典活動特別契合吧。

「不過藍龍的村落與弗拉塔村相距遙遠，怎會特地跑來這裡參加祭典呢？」

萊卡會冒出以上疑問實屬正常，畢竟這不是藍龍故鄉附近的祭典。難道熱舞祭真有如此聲名遠播嗎？

關於這個問題，芙拉托緹開口為我們解惑。

「主人，藍龍往往都不會深入思考任何問題，所以原因八成是有誰聽說這裡正在舉辦祭典並提議參加，然後沒事做的藍龍們便紛紛響應，而且絕大多數的藍龍都閒閒沒事幹。」

「感覺還真有說服力。」

反倒是任何行為都具備充分的理由才比較奇怪。

恰巧得知某處在舉辦祭典就去參加，世上有人秉持這種隨心所欲的生活方式也無傷大雅。藍龍們來到法露法以及哈爾卡拉身邊一起跳舞。

「這位小不點啊，妳家住哪裡呀？」一名藍龍少女如此詢問。

「就在這座弗拉塔村附近喔～」

法露法毫不害怕地回答。

「是嗎？這附近很涼爽是個好地方。晚點我會去買肉來吃，妳要不要一塊吃啊？」

對小孩是莫名溫柔！

雖說弗拉塔村的熱舞祭於近幾年變得特別混亂，但似乎沒有造成實質損失，也就沒啥好計較的。更何況祭典就應該熱熱鬧鬧地舉辦嘛……

另外我本想上前叮嚀法露法說不可以輕信陌生人，不過這位藍龍少女是芙拉托緹的熟人，因此這次就由著她去吧。

「今年的熱舞祭應該能圓滿落幕。」

「呃，那些人居然還沒回去！」

我的話語被哈爾卡拉無比嫌棄的嗓音直接蓋過。

順著哈爾卡拉的視線望去，原來是已經喝得爛醉的哈爾卡拉一家人。

就某種角度而言，這家人簡直是一個模子刻出來的！

這天，哈爾卡拉罕見地滴酒不沾，但我敢肯定她是目睹家人們的醜態後才變成這樣。

◇

熱舞祭結束一段時間後，公會職員娜塔莉小姐來到高原之家。

因為其他家人有的是在房間裡，有的是出外購物，所以就由我和芙拉托緹擔任代表。

「真是非常感謝各位！這是村長頒發的感謝狀，另一張則是州長頒發的感謝狀。

由於程序處理上花了一些時間，因此才這麼晚來向您致謝，真是非常對不起。」

娜塔莉小姐將手中的羊皮紙遞給我。

「因為這類東西拒收反而更失禮，我就姑且收下了，不過州長為何也要頒發感謝狀給我……？」

弗拉塔村確實隸屬在南堤爾州的管轄內，可是我不曾與州長或相關官員有過任何接觸。

「還記得當時有開放省道供人擺攤嗎？此事算是活絡了地方經濟，所以州長想向您表達謝意。」

那是魔族擅作主張亂搞的……

我在這件事裡沒有投資半毛錢，像這樣無功受祿當真沒關係嗎？

「對了，熱舞祭當天的情況怎樣呢？畢竟我在那天是徹底扮演一名觀光客。」

因為搭乘鳳尾船太令人害羞，所以我沒有嘗試過。而且總覺得這麼做會讓熱舞祭變調，個人認為實屬不妥。

「嗯，可說是盛況空前！也連帶提升村莊的稅收呢！」

娜塔莉小姐神采奕奕地回答。

「這樣呀，有順利振興地方經濟就好……另外為求保險起見，我想確認一下是否有發生奇怪的事件或意外呢？我看今年有來自世界各地的觀光客共襄盛舉。」

由於裡頭包含不便具體形容的存在，因此我只能含糊帶過。尤其是死神也來參加一事最令人難以啟齒，難保會讓人誤以為這是受詛咒的祭典。

「啊～如果非要擠出一件事的話，就是有一群自稱是藍龍族的人在酒吧前發生爭執。」

糟糕！假如他們在店裡大打出手，可是會一發不可收拾！

「但他們彼此叫囂說『好啊，有種到冰山上一決高下』、『沒問題，你可別在途中落跑喔！混帳！』，然後轉眼間就不知去向，因此酒吧本身是平安無事。」

「原來決鬥地點改在冰山上呀……」

藍龍竟把冰山當成跟哪來的校舍頂樓沒兩樣，不過藉此讓冰山增加含冰量好像也無傷大雅。

「完全就是那幫傢伙會幹的事情，他們總是會因為一些雞毛蒜皮的小事起爭執。」

芙拉托緹代表藍龍說出感想。儘管做人不該以貌取人，但藍龍他們看起來就像是一群火爆浪子。

「對了，他們是因為什麼理由發生爭執呢？」

「聽說是為了這頓酒錢要由誰請客引發的。」

「啊～所以是互相要求對方請客才爆發口角囉。」

也對，看他們好像都不會隨身帶錢。

「不是的，高原魔女大人，他們是吵著要由自己請客才發生爭執。」
「那只要乖乖分開結帳不就好了!?」
真是的，莫名有種藍龍們就是想找架吵的感覺。
「主人，藍龍是很重視面子的，一旦讓對方請客就等於是承認自己的地位較低，所以才無法退讓。」
「雖說是能理解妳想表達的意思，那只要分開結帳不就得了？」
「由於採取分開結帳會讓外人以為他們是不惜使用這種方法的小氣鬼，因此沒辦法這麼做。」
重視面子的世界也挺辛苦的。
「反正村子沒有因此受害就好，希望熱舞祭今後也能辦得這麼順遂。除此之外還有什麼異狀嗎？」
「啊～對了對了，『松樹妖精之家』茶館重新改裝開張之後，獲得不少的好評呢。」
「重新改裝開張？我還是第一次聽說呢……」
難道是觀察完我們的經營方式後得到啟發嗎？
「我也有光顧過一次，確實值得讓人走一遭，各位何不下次找個哪天上午去看看呢？」

在娜塔莉小姐的推薦之下，我帶著家人們於隔天一早前往「松樹妖精之家」茶館（這次是委託羅莎莉和桑朵菈幫忙看家）。因為地點的緣故，哈爾卡拉吃完飯之後也可以直接去納斯庫堤鎮上班。

松樹林蔭大道附近沒有任何變化，唯獨松樹上有掛著一塊「ＯＰＥＮ」的看板。單看氣氛完完全全就是一間時髦的小小茶館，感覺蜜絲姜媞是真心想打造出好口碑的優質茶館。

不過當我們來到入口前，就發現多立了一面大看板。

「亞梓莎大人，這個 morning 是指早餐的意思嗎？不過全天提供感覺上就不算是早餐了吧……」

個性認真的萊卡提出相當合理的質疑。

「我莫名有種不祥的預感……總之先進店裡吧。」

一進入店內，神官店員便為我們帶位。

因為走來這裡令我覺得有點口渴，所以先依照人數點了飲料。

「主人，人家已經肚子餓了，也想點料理來吃。畢竟人家還沒吃早餐，光點飲料會很頭疼的。」

「芙拉托緹，我能理解妳的心情，但麻煩妳稍等一下，我有事情想先確認。」

店員很快就送上飲料，而且托盤上明顯還多出其他東西。

「這是各位點的飲料——以及早餐附贈的麵包、沙拉、水煮蛋、起司、水果和堅果。」

「也附贈太多了吧！」

「喔~這樣的話光點飲料就能順便吃早餐，還真是划算呢♪這會讓我願意在前往工廠上班前先來這裡用餐喔。」

「雖然麵包的分量不夠讓我吃飽，可是只點飲料就附贈那麼多東西真令人開心呢。」

家人們自然都為此感到高興。

法露法和夏露夏也馬上開始享用茶館提供的早餐。

嗯，看起來沒什麼問題，真是一幕美妙的光景。

可是我總感覺哪邊不太對勁。

「我去跟蜜絲姜媞稍微聊一下。」

蜜絲姜媞就在茶館的員工休息室裡。

「那麼，接下來要製作怎樣的菜色呢……——啊、這不是亞梓莎小姐嗎？」

「蜜絲姜媞，妳是從什麼地方得到提供這種早餐的靈感呢？」

老實說，我多少已經猜出來了。

「啊～其實在各位來店裡幫忙的當晚，我突然收到神諭，她說只要點飲料附贈早餐就一定會大受歡迎！」

梅嘉梅加神果然有參一腳！

「我起先認為光點飲料就送那麼多餐點只會虧錢，不過顧客人數一口氣增加之後，我們就轉虧為盈囉！」

嗯，以點子本身而言就只是稍微換個角度思考，有人會想出來也不足為奇。

但這種文化主要應該是分布在日本的名古屋和岐阜附近，或許是梅嘉梅加神臨時光顧店裡之後，以自己的方式來報答蜜絲姜媞吧。

於是我回到家人身邊。

萊卡正吃著放在滾燙鐵板上的義大利麵。

「亞梓莎大人，這道麵料理不錯吃喔！居然在義大利麵底下鋪了個荷包蛋！」

這也是名古屋那裡的料理！

至此我可以肯定，這間茶館今後將會以獨特的方式進化下去。

完

製作咖哩一整天卻引發大騷動

Morita Kisetsu
森田季節
illust. 紅緒

※本短篇是以第 1 片劇情 CD（第 5 集限定特裝版附贈的劇情 CD）為基礎增修而成。

●第0幕

亞梓莎N（旁白）「我是被世人稱為高原魔女的亞梓莎，雖然外表看起來是一名女高中生，不過我持續狩獵史萊姆以及製作藥品，就這麼活了三百年左右。」

亞梓莎N「最近開始與龍族少女萊卡、被我收養為女兒的兩名史萊姆妖精法露法和夏露夏，以及天生容易闖禍的女精靈哈爾卡拉生活在一起。」

亞梓莎N「後來身為高貴魔族的別西卜似乎頗欣賞我，於是經常來家中串門子。」

亞梓莎N「在我們所住高原的山腳下有一座名為弗拉塔的村子，該處截至今日都在舉辦名為熱舞祭的活動……總之我們結束茶館的工作後，便維持女僕裝的打扮來村裡參加祭典。」

亞梓莎N「儘管茶館生意盛況空前，但我還是覺得有點害羞……總之歷經一番波折，熱舞祭至此順利落幕，我們一家人也回到高原之家。」

●第1幕

亞梓莎「呼～弗拉塔村今年的熱舞祭終於結束了～」

萊卡「亞梓莎大人，穿著那種可愛的衣服果然很令人疲憊……」

亞梓莎「畢竟萊卡妳成了整座村子的焦點……反正一年只有這麼一次，妳就稍微擔待點吧。」

萊卡「意思是明年也會舉辦『魔女之家』茶館嗎……？」

亞梓莎「這就要看今後的造化了……不過村民們似乎希望我們明年也能這麼做喔。」

法露法「媽咪～！法露法也很期待明年的熱舞祭喔～！」

夏露夏「這類活動理應受限於時間無法重返過去，可是在人的認知裡卻是每經過一年的週期就會再次重演，夏露夏對於這件值得探討的議題很感興趣。」

亞梓莎「夏露夏聊的內容還真複雜呢。」

法露法「媽咪，夏露夏的意思就是『明年也想舉辦茶館』喔～」

亞梓莎「謝謝妳的解說，法露法。我想想喔，每年都舉辦一次這種開店活動也挺有意思的，那原則上就朝著明年會再舉辦『魔女之家』茶館的方向來討論吧。」

哈爾卡拉「呼～因為今天仍是祭典期間，那就繼續開喝囉～」

亞梓莎「哈爾卡拉，瞧妳喝得如此爛醉……走起路來都搖搖晃晃的……我反而很佩服妳醉成這樣還能夠返回家中。」

哈爾卡拉「我沒醉我沒醉，而且根本還沒喝夠喔……呼～耶～～哈哈～！」

亞梓莎　「妳等等該不會又要去吐了吧……？」
哈爾卡拉　「師父大人，我好歹也有學習能力……我、我先去廁所一下！」
亞梓莎　「看吧，果然不出我所料！既然妳是負責製藥的，就應該多注意一下自己的身體！」
別西卜　「那丫頭老是那副德行，即使長大成人之後仍改變不了所謂的本性。」
亞梓莎　「也對。話說別西卜啊，妳怎麼還沒走呢？當然我們並不介意妳繼續待在這裡，可是妳的工作該怎麼處理？」
別西卜　「安啦，小女子休假到明天。像這樣在參加活動後多安排一天休假，才有辦法消除疲勞呀。」
亞梓莎　「確實結束旅遊的隔天就立刻去上班，會很難調適自己的身體狀況。但也唯有能放帶薪假的職場才可以這麼做。」
別西卜　「關於這點，魔族可是十分重視勞動環境喔。」
亞梓莎　「魔族在這部分還真是進步呢。既然如此，明天得準備六人份的早餐囉。」
別西卜　「好，明天就由小女子負責做早餐吧！如此一來，妳們也可以輕鬆點吧？就當作是收留小女子的住宿費吧。」
亞梓莎　「原來如此，這提議聽起來還不錯。」

別西卜「妳們就拭目以待吧，明早就讓妳們品嘗小女子最得意的料理。」

法露法「那人家也要來幫忙～」

夏露夏「真好奇魔族會製作什麼料理，人家想觀摩一下。」

別西卜「喔～妳們願意來幫忙嗎？小女子真高興，真的是太高興了，妳們真是心地善良的好孩子。」

亞梓莎「啊！看這情況是女兒們會被別西卜給奪走！沒想到稍微放鬆一下，女兒們就被人拐跑了……」

萊卡「亞梓莎大人，不好意思方便打個岔嗎？」

亞梓莎「啊、萊卡妳願意安慰我嗎？真不愧是如同妹妹般的存在！」

萊卡「……哈爾卡拉小姐宛如死屍般倒臥於廁所裡，希望妳能陪我一塊去照顧她。」

亞梓莎「啊、原來如此……嗯，我知道了，身為家人就應該相互扶持……」

●第2幕

亞梓莎與萊卡前往哈爾卡拉所在的廁所——

亞梓莎「哈爾卡拉，瞧妳現在幾乎是面無血色喔。」

哈爾卡拉　「為、為何我會喝了那麼多酒……？」

亞梓莎　「這種事我才想問妳呢。」

哈爾卡拉　「我在開喝時彷彿把酒當成自己的愛人，不過現在我只覺得酒是哪來的可怕山賊……」

亞梓莎　「我反倒很佩服妳明明身為一名製藥師，居然能如此不清楚自己的身體狀況……」

萊卡　「我認為哈爾卡拉小姐欠缺的是自制力，妳要不要今後每天早上都隨我一起接受修行呢？這樣也能鍛鍊心智。」

哈爾卡拉　「對不起，請容我拒絕。」

萊卡　「有朝一日，妳也能練成從嘴裡噴出火來。」

亞梓莎　「這是不可能的，而且就算真有這麼一天，倘若哈爾卡拉喝個爛醉還從嘴裡噴出火焰，到時只會引發火災，因此我完全不推薦這麼做。」

亞梓莎N　**「於是乎，祭典在當晚順利劃下句點。」**

亞梓莎N　**「……不，哈爾卡拉的情況並不算好，但她是自作自受，所以就當作沒這回事吧。」**

鍋子燉煮料理發出的聲響——

別西卜「料理就是要注重火力！料理就是要產生爆炸！料理就是要感人落淚！」

法露法「嗚哇～！顏色真特殊呢～！整鍋逐漸染成黑色了～！」

夏露夏「此料理很有魔族的風格。這嗆鼻的香氣……不，是充滿刺激性的氣味具有某種獨特魅力。」

亞梓莎N「廚房裡傳來令人提心吊膽的交談內容……」

亞梓莎N「我因為不祥的預感而渾身顫抖，話說明天的早餐當真沒問題嗎……？」

●第3幕

外頭傳來鳥叫聲——

亞梓莎「呼啊啊～大家早。」

法露法「啊、媽咪早安～！這就是今天的早餐！」

夏露夏「此料理完成得無可挑剔，著實非常美味，媽媽請務必嘗嘗看。」

亞梓莎「啊、既然妳們都掛保證了，那我也能稍稍放心。」

別西卜「妳這丫頭肯定在想什麼很失禮的事情吧。小女子這次可是卯足全力喔，

亞梓莎　妳就來嘗嘗這道『強酸性沼澤麵包』吧！」

別西卜　「妳充滿自信是可以，但這不該是食物的名稱吧……話雖如此，外觀看起來是很可口，這東西很接近我前世裡的炸麵包。表面像這樣炸成金黃色的麵包看得叫人垂涎三尺。」

亞梓莎　「小女子並不清楚妳前世的事情，反正妳快吃吃看。魔族裡有句諺語是『天底下最毫無意義的事情就是品嘗前的感想』。」

別西卜　「原來如此，這句話頗有道理。那我開動了。」

咬下麵包發出酥脆的咀嚼聲——

亞梓莎　「這、這真是太美味了！此麵包明明表面咬起來十分酥脆，卻又給人一種多汁的口感！至於使用各種蔬菜和肉長時間燉煮到水分幾乎都蒸發的內餡簡直是棒透了！以辛香料組成的鄉土料理氣味充滿整個鼻腔！」

法露法　「好耶～！媽咪很喜歡！法露法有幫忙炒青菜喔～！」

夏露夏　「身為參與製作的其中一人，對於努力有獲得回報一事是打從心底感到開心。」

別西卜　「嗯，就是說啊，女兒們著實都表現得很好。」

亞梓莎　「喂，先等一下，不許妳以女兒來稱呼她們。」

別西卜「怎麼？既然她們是妳的女兒，小女子並沒有說錯什麼吧？」
亞梓莎「因為從妳口中說出，聽起來感覺很像是真心想把她們拐去當自己的女兒……我是無論如何都絕不可能同意讓法露法和夏露夏成為妳的養女！」
別西卜「比起這個，快說說妳對麵包的感想。反正小女子不會誘拐妳的女兒們啦。」
亞梓莎「這根本就是咖哩麵包吧！而且是如同範本般標準的咖哩麵包！」
別西卜「妳少在那邊亂取奇怪的名字，這道如假包換的魔族料理就叫做『強酸性沼澤麵包』，由來是吃起來有著如強酸性沼澤般的嗆辣口味。」
亞梓莎「好歹取個美味點的名字嘛。話說我吃過這種麵包，在我那裡叫做咖哩麵包，簡言之就是將名為咖哩的辣濃湯燉煮到收乾，然後當成餡料包在麵包裡。」
別西卜「喲～聽起來滿像是魔族料理之中的咖咧。說起這個『強酸性沼澤麵包』的內餡是跟咖咧挺相似的。」
亞梓莎「原來魔族也有咖哩這道料理呀。」
別西卜「不對不對，那不叫做咖哩，而是咖咧啦，咖咧。」
亞梓莎「妳對發音還挺計較的嘛……」
別西卜「因為它就叫做咖咧啊。即使不小心搞錯也不會出現咖哩這種發音。」

亞梓莎　「好吧，再爭論下去只會沒完沒了，這個話題就到此為止吧。」

開門聲──

萊卡　「大家早安。」

哈爾卡拉　「唔~因為宿醉的關係，彷彿有猛牛在我腦裡瘋狂跳舞……」

亞梓莎　「早啊，二位，別西卜做了咖哩麵包給我們當早餐。」

別西卜　「這叫做『強酸性沼澤麵包』！是要小女子說幾次才明白……！算了，妳們也快來嘗嘗吧。」

咀嚼麵包發出酥脆的聲響──

萊卡　「喔~！這東西還真好吃呢！」

哈爾卡拉　「就是說呢！不過……因為太重口味，個人是希望身體狀況好的時候再吃……」

別西卜　「這種事與小女子無關……」

亞梓莎　「啊、對了，我也想嘗試製作咖哩……不對，是想嘗試製作咖咧，妳有食譜嗎？別西卜，我相信只要有『強酸性沼澤麵包』的材料就可以做出來。」

法露法「那個，聽說好像無法這麼做喔～」

夏露夏「嗯，別西卜小姐也是這麼對夏露夏說的。」

亞梓莎「咦？此話怎說呢？」

別西卜「哼哼哼，確實內餡乍看之下與咖哩非常相似，但為了讓餡料能包在麵包裡，製作過程有簡化許多。假如想製作咖哩的話，就非得加入多種貴重的辛香料不可，要不然是無法做出真正的咖哩。」

亞梓莎「啊、我並沒有想追求那麼道地的做法，只要普通點就好。」

別西卜「不行，小女子不想以半吊子的方式完成咖哩，這樣會讓人以為它是一道不怎麼樣的料理！咖哩在製作時至少需要北鼻果、叛叛草以及獸獸葉……只要妳能湊齊材料，小女子是不介意做給各位嘗嘗看。」

亞梓莎「聽起來好麻煩，我看還是算了吧。」

別西卜「只要妳能湊齊材料，小女子是不介意做給各位嘗嘗看！」

亞梓莎「啊、看這情況是我只能去把材料帶回來囉……」

亞梓莎N**「演變到最後騎虎難下的我，便出外蒐集各種辛香料。由於機會難得，因此我先帶萊卡去尋找北鼻果，晚點再帶法露法和夏露夏前往取得叛叛草，最後再帶哈爾卡拉去蒐集獸獸葉。」**

●第4幕　撥開草叢的聲響──

亞梓莎N　「因為北鼻果的生長地離這裡最遠，所以是由萊卡載著我前往採集。」

亞梓莎　「不好意思麻煩妳載我一程。此事有一半的責任出在我身上，另一半則是得歸咎於別西卜。」

萊卡　「請亞梓莎大人不必放在心上，畢竟以某個角度上來說，這就類似於收集製藥所需的藥材，而且……我很高興可以和妳一起出外辦公……」

亞梓莎　「謝謝，能聽妳這麼說我也很高興喔！」

萊卡　「話說回來，這片森林綠意盎然，甚至會被藤蔓絆到腳。」

亞梓莎　「就是說呀，不過北鼻果似乎是一種相當特殊的水果，也可以當成調味料來使用。」

萊卡　「它是個什麼樣的水果呢？」

亞梓莎　「雖說乾燥後就沒問題，但它內含會對精神造成影響的成分。」

萊卡　「難不成類似於毒品嗎？」

亞梓莎　「啊、應該沒有那麼危險，而且不會讓人成癮，相傳只是會讓人的心智暫時退化成幼兒而已。」

萊卡　「讓人的心智……暫時退化成幼兒？」
亞梓莎　「嗯，會使人變得容易撒嬌。聽說個性越是認真的人，產生的效果就越強烈，因此萊卡妳小心點別誤踩北鼻果。」
萊卡　「原來如此，但我平日裡也有在鍛鍊心智，所以有信心能避免受到影響。」
亞梓莎　「確實憑萊卡妳或許有辦法抵抗住，不過還是當心別踩到喔。」
萊卡　「說得也是，啊……！！」

傳來一陣踩破東西的聲響——

亞梓莎　「嗯？發生什麼事了!?有蛇嗎？但身為龍族的妳應該不怕蛇吧。」
萊卡　「抱歉，我好像踩碎了類似水果的東西……」
亞梓莎　「啊、那八成就是北鼻果了……記得別吸入過多它的香氣——咦？萊卡，妳為何兩眼泛淚呢……？」

萊卡的心智退化成幼兒——

萊卡　「亞梓莎大人，我……我……漸漸感到很無助……」
亞梓莎　「難道是心智開始退化了……？」

萊卡　「明明以往是毫不介意地開心住在高原之家……那個……現在卻猛然想起自己與雙親分隔兩地……」

亞梓莎　「啊～所以妳想家了嗎？出門在外難免會有這種心情。」

萊卡　「嗚哇～～～～～～～！嗚哇～～～～～～～！我好寂寞，也好害怕喔……」

亞梓莎　「哇哇哇！不哭不哭！沒什麼好怕的！妳看還有我在呀！放心喔，不要緊囉！」

萊卡　「嗯，有姊姊的香味，讓人覺得好安心……」

亞梓莎　「我是姊姊呀……嗯，無妨，總之亞梓莎姊姊我會保護妳的，所以不用害怕囉。喔～好乖好乖，萊卡是好孩子～是聽話的好孩子喔～」

萊卡　「姊姊，幫我拍背背……」

亞梓莎　「…………嗯。」

亞梓莎輕輕拍著萊卡的背部——

亞梓莎　「這樣可以嗎？冷靜點了嗎？假如心中有任何不安都可以說喔～畢竟萊卡妳平常太聽話了，今天可以盡情撒嬌喔～……儘管這情況持續太多天會滿令人頭疼的，可是北鼻果的效果應該相當有限才對。」

萊卡　「謝謝姊姊，我覺得好暖和。」

亞梓莎「是嗎？那真是太好了。」

萊卡「姊姊，我想躺在妳的大腿上。」

亞梓莎「北鼻果的效果真驚人耶，難得見妳不斷提出要求……但這點小事也不算什麼。來，把頭靠在姊姊我的大腿上吧。」

萊卡「謝謝姊姊，這樣躺著感覺好安心……就算與家人分隔兩地也不覺得寂寞了……」

亞梓莎「這樣啊。反正已經找到北鼻果，也就不需急著離開，妳可以趁此機會好好向我撒嬌喔。」

萊卡「……姊姊，可以問妳一個問題嗎？」

亞梓莎「當然可以囉，妳想怎麼撒嬌都行。」

萊卡「我有辦法變成跟姊姊妳一樣的偉人嗎……？」

亞梓莎「原來這也是萊卡妳心中的一種不安呀。」

萊卡「因為姊姊妳持之以恆不斷打倒史萊姆，接連立下各種實績……我擔心自己能否像妳那樣持續這麼長的時間都做著同一件事……」

亞梓莎「妳當然可以囉，因為妳是姊姊我引以為傲的妹妹呀！」

萊卡「真、真的嗎……？」

亞梓莎「妳要相信姊姊說的話。」

萊卡　「嗯，我會加油的……」

亞梓莎　「嗯，只是現在不必努力，先好好休息吧。」

一段時間後——

亞梓莎　「…………………睡著了啊。算了，偶爾碰上這種情況也無所謂，但還是希望她能在我大腿發麻之前醒過來。」

一段時間後，萊卡清醒過來——

萊卡　「哇啊啊啊！我真是太失態了！」

亞梓莎　「啊、妳醒啦。睡飽了嗎？萊卡。」

萊卡　「對不起！我居然因為北鼻果的緣故，在妳的面前醜態百出……對不起！真是非常對不起！」

亞梓莎　「這沒什麼好道歉的。比起這個，姊姊我的大腿躺起來舒服嗎～？」

萊卡　「亞、亞梓莎大人……請不要這樣捉弄我……我、我基本上並不是愛撒嬌的那種人……嗚哇～光是回想起來就快從嘴裡噴出火焰了！」

亞梓莎　「正確說來是臉紅到快要冒出火來才對！而且按照妳的情況難保當真從嘴裡噴出火焰！為了避免引發森林大火，妳務必要當心喔！」

萊卡「我、我會克制住的……」

亞梓莎「不過我很慶幸能趁此機會聽見妳說出心底話。像這樣與家人分隔兩地，總有時候會感到寂寞的。」

萊卡「那、那個，嗯……但這情況真的只是很偶爾而已……」

亞梓莎「不過終歸還是會寂寞吧。雖然我不清楚自己能否代為幫妳排解寂寞，若是妳真想跟人撒嬌的話隨時可以來找我。也許妳在家會不好意思這麼做，但在這裡就沒問題了吧。」

萊卡「…………那個，可以再麻煩妳摸摸我的頭和背部嗎……？」

亞梓莎「為了我可愛的妹妹，當然只能答應囉～來，過來這裡。」

萊卡「好、好的……承蒙亞梓莎大人的指點，我日後定會找機會報恩的……」

亞梓莎「妳太誇張了啦！」

亞梓莎N「儘管心智退化的萊卡向我大肆撒嬌，可是我覺得這趟採集北鼻果之旅還挺不錯的。」

●第5幕

亞梓莎N「午間時分，我和兩個女兒乘著萊卡來到草原尋找叛叛草。因為看萊卡有

些疲倦，我便讓她待在原地休息。」

法露法「哇～！好遼闊的草原喔～！」

亞梓莎「慢點慢點，法露法，跑太快會摔跤的。」

夏露夏「這裡真是漫無邊際，最適合讓人思考事情，藉此體認到自己是何等渺小的存在。這麼一來，才能夠更加瞭解自我。」

亞梓莎「夏露夏，妳也別剛來到這裡就原地坐下冥想……大可更像個孩子一樣……盡情在草原上奔跑喔？妳們兩人還真是極端呢。」

法露法「對了，叛叛草是一種什麼樣的植物呢？」

亞梓莎「它會夾雜生長在其他植物之間，像是毫不在意他人眼光似地綻放出紫色花朵，所以妳們要幫忙尋找紫色的花朵。」

夏露夏「說起紫色是代表高貴的顏色，真是一種超脫凡俗的植物呢。」

亞梓莎「相傳它就是具有這種特性的植物。話說小心別吸入它的花粉，因為可能會讓人產生輕微的幻覺。」

法露法「知道了～因為法露法是好孩子，所以會記住媽咪的叮嚀喔～」

夏露夏「媽媽，請問它會產生怎樣的幻覺呢？」

亞梓莎「由於效果真的很微弱，因此對成年人幾乎毫無影響，不過孩童吸入後會稍微陷入類似叛逆期的狀態，就跟叛叛草的花一樣不想長成與其他植物相似的外表。」

法露法「嗯～可是法露法才不會陷入叛逆期，因為人家最喜歡媽咪了！」

亞梓莎「嗯，希望妳今後也能像現在這樣一直最喜歡媽咪！」

夏露夏「叛逆期……雖說人家不太能理解這種感覺，但有聽說是會做出偷騎飛龍離家出走等類似的舉動。」

亞梓莎「偷騎飛龍？難度未免也太高了吧。」

夏露夏「除此之外，還會跑去打破教會的彩繪玻璃。」

亞梓莎「那就只是一般的壞人了……」

接連傳來蟲鳴聲和撥開草叢的聲響——

法露法「在哪呢～？在哪呢～叛叛草在哪裡呢～？」

夏露夏「這種時候，往往都是想找的東西其實就在自己腳邊，所以叛叛草肯定在附近…………還是沒有。」

亞梓莎「叛叛草算是挺罕見的植物，我們就抱持遠足的心情慢慢找吧。老實說媽媽我光是能和妳們一起享受日光浴就很開心囉。」

法露法「叛叛草在哪～？在哪裡呢～？啊、是椿象～！」

亞梓莎「法露法，椿象很臭，不可以摸喔！」

夏露夏　「夏露夏想睡覺了。」

亞梓莎　「夏露夏稍微再努力點尋找喔！看來會陷入持久戰了。」

一段時間後——

法露法　「媽咪妳看，是花冠喔～！」

夏露夏　「媽媽，人家嘗試用花把自己打扮得更有威嚴。」

亞梓莎　「喔～！妳們看起來都很可愛喔！那些紫色的花都很美呢…………！咦，紫色？」

法露法　「這該不會就是叛叛草吧～？」

夏露夏　「這些草不知道自己的名字，所以人家把它們命名為美麗之花。」

亞梓莎　「妳們找到了喔！Good job！」

法露法　「這些花聞起來好香呢！」

夏露夏　「這些花不知道自己的名字，卻散發著優雅的芬芳。」

亞梓莎　「咦？妳們都有聞那些花嗎……？該不會等等就會陷入叛逆期吧……？」

法露法和夏露夏陷入叛逆期——

法露法　「…………媽咪，法露法不喜歡這種幼稚的衣服，希望裙子能再短一點。」

亞梓莎「咦？法露法，妳在說什麼呀!?」

夏露夏「夏露夏覺得讀書好無聊，學習這種事根本毫無意義。人家想過著無所顧慮，追求一時歡愉且沒有明天的生活。反正這世界就是船到橋頭自然直，人家今天想偷懶，明天也想繼續偷懶。」

亞梓莎「夏露夏妳也一樣，是怎麼回事!?沒想到她們真的因為叛叛草變奇怪了……」

法露法「夏露夏，我們別再做找草這種遜炮的事，一起去酒吧喝水吧。」

夏露夏「收到，唯有酒吧才能夠撫慰我們的心靈。」

亞梓莎「不行！酒吧對妳們來說還太早了！還有不可以像個小混混一樣在那邊說傻話……！不過嘛，只是去喝水好像又無所謂。」

法露法「媽咪走開，法露法不喜歡做這種累人的事情。」

夏露夏「無論父母說什麼，小孩子聽了就會很想唱反調。」

亞梓莎「哇——！這兩個孩子都學壞了！拜託快恢復原樣啦！要不然媽媽我會哭喔！」

法露法「人家偏不要，而且人家討厭媽咪。」

夏露夏「小孩子就是要惹父母傷心。」

亞梓莎　「我被法露法嫌棄了……我被陷入叛逆期的法露法嫌棄了……即使是因為叛叛草仍覺得有點受打擊……雖然進入叛逆期想裝大人的妳們其實也很可愛，但被嫌棄還是頗受打擊的……」

法露法　「哼……因為法露法是壞孩子！等回家之後就要把裙子弄很短，並且還會去追螳螂！」

亞梓莎　「啊～……儘管學壞卻只學半套！法露法果然很可愛！」

夏露夏　「夏露夏要去圖書館閱讀各種反社會主義的書。」

亞梓莎　「啊～……夏露夏也沒能擺脫愛看書的習慣！這孩子同樣好可愛！」

法露法　「那我們先回去了。走吧，夏露夏。」

夏露夏　「先等一下。」

法露法　「怎麼了嗎？夏露夏。」

夏露夏　「雖然人家想唱反調……可是把媽媽一個人丟在這裡會有罪惡感……畢竟我們都還沒長大……是多虧自己想反抗的媽媽才有錢吃飯……這種反抗方式老實說很半吊子……」

亞梓莎　「啊、這就是小混混常有的矛盾心態！明明想反抗父母，自己卻又是多虧父母才有飯吃！」

法露法　「夏露夏妳太狡猾了……法露法也一樣……內心一直有股罪惡感……終究

亞梓莎　還是覺得這麼做會愧對媽咪……」

亞梓莎　「唉唷～！妳們都太可愛了！這樣反而讓我有種欲擒故縱的感覺！看我把妳們通通都抱緊緊！」

法露法　「等等，媽咪！這樣很痛啦！」

夏露夏　「明明人家還在叛逆期喔……」

亞梓莎　「就算妳們都進入叛逆期，媽媽對妳們的愛也不會變喔！也明白妳們都還是很愛媽媽我喔！」

法露法與夏露夏都哭成了淚人兒——

法露法　「媽咪，對不起！人家最喜歡媽咪了！」

夏露夏　「抱歉，媽媽，人家居然敗給區區的幻覺……」

亞梓莎　「太好了！幸好妳們都恢復原樣了！媽媽我感到很欣慰喔！」

亞梓莎N　**「雖然兩名女兒陷入小小的叛逆期，最終仍有順利取得叛叛草。另外進入叛逆期的兩個女兒依舊是那麼地惹人憐愛，因此就算她們當真進入叛逆期應該也不要緊。」**

●第6幕

亞梓莎N　「最後是與哈爾卡拉一同去尋找獸獸葉，應該接近傍晚時就能湊齊所有材料吧。」

哈爾卡拉　「沒想到家附近就有獸獸葉呢。」

亞梓莎　「嗯，事實上這植物不太會生長在高原上，主要是多虧這裡在夏季時滿熱的。」

哈爾卡拉　「獸獸葉在精靈故鄉當地是滿常見的植物喔。啊……」

亞梓莎　「嗯？妳怎麼了？」

哈爾卡拉　「被樹枝勾到胸部了～……」

亞梓莎　「妳是在挑釁嗎!?是故意想挑釁我嗎!?」

哈爾卡拉　「師父大人，更重要的是形狀漂不漂亮喔。」

亞梓莎　「聽妳在鬼扯！這根本是贏家的風涼話！」

哈爾卡拉　「胸部很大也沒什麼好處喔……比起此事，因為獸獸樹有毒，請師父大人要小心。反之對精靈而言就沒什麼影響。」

亞梓莎　「難道又會產生幻覺嗎……？還真是有二就有三耶……」

哈爾卡拉　「並不是這類毒素，而是接觸太多會造成皮膚發炎，因此採集樹葉時最好戴上手套。」

亞梓莎　「……妳今天滿像是一名精靈製藥師呢。」

哈爾卡拉　「不，我並不是很像，而是貨真價實的製藥師！師父大人有時還挺毒舌的呢！」

亞梓莎　「既然毒素只會導致皮膚發炎，也就沒什麼好擔心的。按照它的名稱，我還以為會讓人變得野獸一樣。」

哈爾卡拉　「沒那回事啦。總之我們趕快找到獸獸葉，今晚就來品嘗別西卜小姐製作的咖咧吧！」

亞梓莎　「看妳今天怎麼好像特別有幹勁呢。」

哈爾卡拉　「因為我喝了自己特製的飲料『野性之力蔬果汁』，這能幫忙分解囤積在體內的酒精。」

亞梓莎　「妳又做了什麼奇怪的飲料呀……但這名稱聽起來真陌生耶。」

哈爾卡拉　「畢竟這還在測試階段，只要沒有副作用，我是考慮日後將它商品化。像這種能迅速發揮解酒效果的飲料，我相信一定會有市場的！」

亞梓莎　「副作用……偏偏聽見這個或許會觸霉頭的詞彙……」

哈爾卡拉　「師父大人妳操心過頭了啦~反正這裡面並未添加一喝就會沒命的材料呀！儘管多少會讓人的心情變愉悅，不過我有拿捏在合法範圍內！所以

亞梓莎　妳放心，這絕對沒問題的！」
「從妳口中聽見『絕對沒問題』這幾個字，只令人覺得肯定會出狀況……」

撥開草叢的聲響──

哈爾卡拉　「啊、那就是獸獸樹，我們順利找到了呢！」
亞梓莎　「它的樹枝就像牛角般往左右生長，外觀比想像中更醒目呢。」
哈爾卡拉　「只要收集它的樹葉就等於是完成任務了！吶，師父大人，幸好沒發生任何問題吼～之後就只剩下打道回府吼～！」

哈爾卡拉進入野獸狀態──

亞梓莎　「…………哈爾卡拉，妳剛剛是不是有說出『吼』這個字？」
哈爾卡拉　「咦……總覺得意識逐漸變得模糊吼……而且很難繼續維持雙腳步行吼……難不成這就是『野性之力蔬果汁』的副作用吼!?」
亞梓莎　「看吧～！都怪妳亂喝那種一聽就八成蘊含某種詭異力量的飲料！唉唷！身為淑女別用四肢在地上爬行啦！這樣很沒氣質喔！」
哈爾卡拉　「吼吼，吼～我是魔獸精靈頓吼……」

亞梓莎「看吧，妳開始胡言亂語了！撐著點，我這就幫妳施展解毒魔法！」

哈爾卡拉「飲料的成分已完全進入體內，就算想解毒也已經太遲叽。」

亞梓莎「為啥妳能如此冷靜地分析狀況!?」

哈爾卡拉「因為魔獸精靈頓很聰明叽！」

亞梓莎「這下真叫人傷腦筋耶……放任徹底野性化的哈爾卡拉進入森林深處她很可能會弄傷自己……如今也只能由我負責看管她了。」

哈爾卡拉「食物，食物，食物……野鼠，野兔，狐狸……」

亞梓莎「糟糕……！哈爾卡拉滿腦子只想著獵食……」

哈爾卡拉「野狼，巨龍，魔像……」

亞梓莎「憑妳根本狩獵不了它們吧！另外魔像又不能吃！來，哈爾卡拉，過來這邊，快過來喔～不怕不怕～乖乖聽話來這邊～」

哈爾卡拉「我的名字叫做魔獸精靈頓叽。」

亞梓莎「看妳那麼執著於設定還挺令人火大的……乖、乖喔，精靈頓，快過來～如果乖乖聽話跟我走就有雞肉、豬肉跟牛肉可以吃喔～」

哈爾卡拉「魔獸精靈頓其實算是素食主義者叽。」

亞梓莎「這部分倒是精靈的生活方式獲勝了……!?那妳剛剛就別提野鼠跟野兔等生物嘛！這樣只會導致設定混淆喔！」

哈爾卡拉　「不過眼前的人類看起來真可口吼～！」

哈爾卡拉撲向亞梓莎——

亞梓莎　「哇哇哇！妳別亂來啦！都怪妳突然撲向我，害我摔到屁股了……」

哈爾卡拉　「因為魔獸精靈頓是野獸，會透過壓倒對手來確認地位高低吼。」

亞梓莎　「沒想到妳不是在比喻，而是當真想把我壓倒在地……」

哈爾卡拉　「魔獸精靈頓在面對雌性時，會透過胸部大小來確認地位高低吼。」

亞梓莎　「嗚哇！別把胸部貼過來！妳是在挑釁我嗎!?反正我的胸部沒有那麼充滿彈性啦！」

哈爾卡拉　「另外魔獸精靈頓會把自己的氣味留在對方身上吼吼，而這就是留下印記吼。」

亞梓莎　「哇！好癢！等等！不可以亂舔別人的臉！撇開小貓小狗不提，妳是哈爾卡拉喔！是一名女精靈喔！」

哈爾卡拉　「師父大人好香喔……唔、我的頭……魔獸精靈頓快被其他存在占據意識汪。」

亞梓莎　「才怪，那才是本尊好嗎！哈爾卡拉快戰勝精靈頓！還有別再舔我了！」

哈爾卡拉　「我是精靈頓汪！」

亞梓莎「妳的語尾助詞從吼變成汪了！由此可見妳的設定很不嚴謹喔！」

哈爾卡拉「吼吼～吼吼～看我繼續舔妳吼！」

亞梓莎「呀、呀哈哈哈！停下來！舔脖子會很癢啦！就叫妳不許舔啊——！」

哈爾卡拉「今天的師父大人比以往更可愛，總覺得……那個，這個，很令人春心蕩漾……吼。」

亞梓莎「春心蕩漾什麼啦！而且妳已幾乎恢復原樣囉！妳是哈爾卡拉！才不是哪來的魔獸！」

哈爾卡拉「哈爾卡拉……？總覺得好像在哪聽過這個廢材精靈的名字……」

亞梓莎「為何要這樣自嘲啊？瞧妳似乎遲遲沒有恢復理智……拜託妳趕快冷靜並且變回來啦…………啊、有了！」

哈爾卡拉「吼吼吼～」

亞梓莎「看我用魔法造出冰塊，拿它來冰敷妳的額頭！」

魔法發動的聲音——

亞梓莎「來，這是沁涼的冰塊！快藉此想起自己是誰！」

哈爾卡拉「呀！好冰！唔……哈、哈、哈、哈啾！唔～……要著涼了啦。」

亞梓莎「看吧，妳又變回哈爾卡拉的語調了！」

哈爾卡拉「…………咦，總覺得好像作了個很神奇的夢……」

亞梓莎「哈爾卡拉，妳復原了嗎!?這次真的變回來了!?」

哈爾卡拉「沒錯，師父大人，我是哈爾卡拉，請問發生什麼事了嗎？」

亞梓莎「有話晚點再聊，可以麻煩妳先從我身上退開嗎？」

哈爾卡拉「那個……啊啊啊啊啊啊！對不起！真是非常對不起！我怎麼會做出這種事……無論要我做什麼都行！只求師父大人能原諒我！」

亞梓莎「那麼，可以請妳去收集獸獸葉嗎……？」

亞梓莎N「儘管途中出了很多狀況，不過咖啊所需的辛香料基本上都已湊齊，就只剩下提議想吃咖咧的我跟別西卜將料理製作出來。」

●第7幕

亞梓莎與別西卜站在廚房裡——

別西卜「哼哼哼，真虧妳有辦法把辛香料全數湊齊，通往咖咧的大門至此即將敞開！」

亞梓莎「為何妳要形容得那麼壯闊……」

別西卜「因為明天得去上班，小女子想好好享受最後的休閒時光。」

亞梓莎　「這理由也太直白了吧。」

別西卜　「那麼，接下來開始製作咖唎。這次是雞肉咖唎，首先將洋蔥、胡蘿蔔、各種蔬菜以及雞肉切成能一口吃下的大小。」

亞梓莎　「果然是咖哩沒錯。我來幫忙切菜吧。」

別西卜　「話說菜都已經切好了，全在這裡。」

亞梓莎　「都切好了!?」

別西卜　「接著把切好的菜都丟進鍋子裡，用小火耐心翻炒三十分鐘。製作美味咖唎的訣竅是不許偷懶，要把洋蔥炒成軟爛的焦糖色。」

亞梓莎　「那麼，這道不許偷懶的程序就交給我吧。」

別西卜　「而這些就是已經翻炒三十分鐘後的材料。」

亞梓莎　「這部分也做好了嗎!?」

別西卜　「畢竟這些步驟是沒有辛香料也能完成，所以小女子就先搞定了。」

亞梓莎　「先等一下！別跟我說妳已經把這道料理做好了喔……？若是白費我出外尋找辛香料的苦心，我可是會生氣喔？」

別西卜　「這、這妳就大可放心……然後將水倒入炒好材料的鍋子裡，並且把水煮到沸騰。為了避免沾鍋，記得不時攪拌一下。」

亞梓莎　「那就讓我來攪拌吧。話說製作步驟當真與咖哩如出一轍……」

別西卜「切記要好好攪拌。關於製作咖咧一事，甚至有一句格言是『顏色會隨著攪拌的時間產生變化』。」
亞梓莎「感覺很像是在形容某種點心……攪拌攪拌，攪拌攪拌。若把它當成濃湯類的料理，會誕生出這道菜也不足為奇。啊、鍋裡的水逐漸沸騰了。」
別西卜「是吧是吧？把這些東西添加進去之後，就會一口氣變得很像是咖咧了。」
亞梓莎「就是添加獨門咖咧粉來調味吧。要不然無法做出早上那種夾在麵包裡的內餡。」
別西卜「哼，哼，哼，此時要添加的就是『極致咖咧塊』！」
亞梓莎「竟然拿出與市面販售品無異的調理塊！」
別西卜「魔族的一般家庭幾乎都會購買這種『極致咖咧塊』，有了這個就能輕鬆煮出餐廳級別的好味道。」
亞梓莎「既然可以輕鬆製作，就別派我去採集辛香料啦！」
別西卜「那些辛香料是祕密配方，最後才要添加進去以提升味道的層次，如此一來便能將味道提升一個檔次。」
亞梓莎「總覺得讓人有點難以釋懷……那我把咖咧塊丟進去囉。」
別西卜「嗯，之後就慢慢讓咖咧塊融入水裡，熬煮到材料都吸飽咖咧塊的味道時便大功告成。很好吃喔，真的很好吃喔～」

亞梓莎「這怎麼看就是咖哩嘛……」

別西卜「最後再按照小女子的獨門比例，將妳們採集來的辛香料加進去就完工了！」

料理完成的效果音——

亞梓莎「喔～！成品看起來很不錯呢～」

別西卜「快把咖咧舀進湯碗裡，這樣就可以直接把麵包泡在裡面吃。真期待能看見法露法與夏露夏吃下後的開心表情呢～」

亞梓莎「嗯，這樣確實是完成了……」

別西卜「嗯？」

亞梓莎「為了以防萬一，我想做一件事。」

別西卜「做一件事？妳想做什麼？難道是對著咖咧做出『變好吃吧～♪』那類舉動？」

亞梓莎「那類舉動在廚房裡做也沒啥意義吧。我想做的與其說是試吃，不如說是試毒。」

別西卜「妳也太沒禮貌了吧……關於這裡面有添加哪些食材，妳也在一旁看著不

亞梓莎　是嗎……？」

別西卜　「該說本日多災多難嗎？總之大家在今天都有出過狀況。相信妳也無法掛保證說自己調合的比例完全沒搞錯，大家一定不會變奇怪對吧？為了保護家人們的人身安全，我要求先試毒。」

亞梓莎　「嗯……稍微試吃一下或許會比較妥當。曾聽說有人拿這些材料來製作春藥，但那只是迷信而已啦，迷信。」

別西卜　「嗚哇，一聽就是八成會出狀況的發言！」

別西卜試吃一口——

別西卜　「嗯，味道既順口又濃郁，完全不輸專業廚師煮出來的。有添加辛香料果真就是不一樣。」

亞梓莎　「嗯，光是用看的就覺得很可口，而且製作步驟也非常講究。」

別西卜　「看吧，就只是妳多慮了………唔！唔唔！唔唔唔！」

亞梓莎　「呃！別西卜，妳還好吧!?」

別西卜　「身、身、身體像是著火般……變得好燙……」

亞梓莎　「難不成這是爆辣咖哩!?喂，妳振作點！站得起來嗎？如果起不來就先靠在我身上！」

別西卜「啊、啊、啊……亞梓莎啊……」

亞梓莎「嗯？我先扶妳去床上。」

別西卜「妳長得……真可愛呢……」

亞梓莎「…………啥？」

別西卜「小女子一看見妳的臉就渾身灼熱……可以請妳幫小女子緩解症狀嗎……？」

亞梓莎不知從哪裡拿出冰塊——

亞梓莎「來～我就擔心會發生這種情況，所以先做好準備了。這是用魔法製造出的冰塊。」

別西卜「呼～呼～……拜託妳跟小女子結婚，讓法露法和夏露夏正式成為小女子的女兒吧……」

亞梓莎「直到妳恢復正常之前，乖乖把這冰塊確實貼在額頭上喔～話說即使春藥發揮效用，妳還是把目標放在我家的女兒們身上呢……」

別西卜「冰、冰死小女子了！拜託別這樣折磨小女子嘛……」

亞梓莎不知從哪裡拿出大量冰塊——

亞梓莎　「看情形似乎還不夠冰，那我繼續追加冰塊囉～」

別西卜　「好冰！好冰！冰死人啦！哈、哈啾…………！糟糕，說來還真是失策……小女子竟把北鼻果和叛叛草的比例搞反了……」

亞梓莎　「看吧，每當諸事不順時就會狀況百出。眼下只能重做了。」

別西卜　「唔、嗯……抱歉給妳添麻煩了……」

亞梓莎N　「我們在這之後重新做好咖咧，並將成品端到餐桌上。」

●第8幕

亞梓莎　「來，這是今天的晚餐。各位可以把麵包泡進去，想吃多少儘管吃。另外這次有放比較多料喔！」

接連傳來享用麵包的聲音——

萊卡　「喔～！我從沒吃過味道如此強烈的食物！感覺還有助於醒腦呢！」

亞梓莎　「確實裡面加了不少調味料。」

哈爾卡拉　「啊～！這似乎很適合搭配烈酒呢！」

亞梓莎　「這真的適合與酒搭配嗎……？哈爾卡拉，我看妳只是想找個讓自己喝酒的理由吧……？」

接連傳來享用麵包的聲音——

法露法　「真好吃！謝謝妳，別西卜姊姊！」

夏露夏　「這道料理美味到再多的麵包都吃得下，而且因為味道濃郁，讓人也能輕鬆吃下蔬菜。」

亞梓莎　「對了，記得咖哩是很受孩子們歡迎的料理。」

別西卜　「這不叫做咖哩，而是咖咧。」

亞梓莎　「沒錯沒錯，這是咖咧。」

法露法　「人家即使一週都吃這個也沒問題喔！」

別西卜　「是嗎是嗎？那小女子就一連七天都來做給法露法吃。」

亞梓莎　「等等，妳明天就得去上班了吧。」

別西卜　「啊、對吼……小女子非得去上班不可……」

亞梓莎　「上班族果然很辛苦。」

別西卜　「嗯，那小女子就等下次放假時再來做咖咧……」

亞梓莎N　**「在吃完咖咧之後，別西卜便返回魔族國度。」**

亞梓莎N　**「接下來只剩下把碗盤洗乾淨就好。」**

哈爾卡拉　「師父大人，不好意思打擾一下。」

亞梓莎　「咦？怎麼了嗎？哈爾卡拉，是咖咧吃太多嗎？」

哈爾卡拉　「因、因為我吃的那碗有比較多辛香料……吃完以後總覺得身體開始發燙……」

哈爾卡拉逐漸逼近亞梓莎——

亞梓莎　「…………我莫名有種不祥的預感。妳等一下，先讓我用魔法製作冰塊。」

哈爾卡拉　「師父大人，我的身體變得好燙……再也忍不住了！」

亞梓莎　「不行！妳必須忍住！因為這是辛香料造成的！」

哈爾卡拉　「師父大人，可以請妳舔我的身體嗎……？」

亞梓莎　「請容我拒絕！真是夠了……下次製作咖哩時，休想我會再添加辛香料！」

完

不知不覺就讓家人們為我準備一場驚喜派對

Morita Kisetsu
森田季節
illust. 紅緒

※本短篇是以第 2 片劇情 CD（第 7 集限定特裝版附贈的劇情 CD）為基礎增修而成。

本篇是收錄於第二集〈哈爾卡拉畢業謎雲〉之後的故事。

●第1幕

哈爾卡拉準備於納斯庫堤鎮成立工廠時——

哈爾卡拉　「呼～興建『哈爾卡拉製藥工廠』的準備進展得還不錯呢～」
哈爾卡拉　「差不多是午休時間了～我就來喝一杯本公司製作的提神飲料『營養酒』吧。」
哈爾卡拉　「…………等等，乾脆來喝真正的酒也無妨吧？」
哈爾卡拉　「不過大白天喝酒莫名像是哪來的廢人……這種時候就該三思而後行……讓我來仔細思考一下……嗯～嗯～～」

一段時間後——

哈爾卡拉　「好！我得出結論了！還是來喝酒犒賞一下自己吧！」
別西卜　「妳在做什麼？」
哈爾卡拉　「哇哇哇！這不是別別別別別別西卜卜卜卜卜卜卜卜小姐嗎!?」
別西卜　「妳也太驚慌了吧……另外別跟卜這兩個字也重複太多次了。還有妳說要仔細思考，卻沒過幾秒就得出結論了。」

哈爾卡拉「這也是沒辦法呀，畢竟成年人抗拒不了酒的誘惑喔～」

別西卜「妳少在那邊擅自代替所有成年人發表意見。話說妳在做什麼？這城鎮與妳們家附近的村子相隔一段距離吧。」

哈爾卡拉「若要這麼說的話，別西卜小姐妳可是千里迢迢從魔族國度來到這裡喔……此事就先撇開不提，其實我正在納斯庫堤鎮這裡建造工廠。」

別西卜「喔～！『營養酒』終於要開始量產啦！恭喜妳呀！」

別西卜「那小女子可得像個成年人一樣多買點！不，乾脆利用農業省的預算買下整座工廠！」

哈爾卡拉「請不要在工廠完工之前就來討論收購問題啦！」

別西卜「收購工廠一事是逗妳的，不過這確實是個可喜可賀的消息呢！」

哈爾卡拉「啊、對了，說起喜事……」

別西卜「嗯？怎麼？發生了什麼事嗎？」

哈爾卡拉「師父大人她們日前曾幫我慶祝過，但聽說其實是誤以為我要離開高原之家才舉辦的送別會……」

別西卜「……依照亞梓莎的個性，的確很容易產生這種誤會。」

哈爾卡拉「所以我考慮也要幫師父大人慶祝點什麼來做為回報～」

別西卜　「嗯，妳的這份心值得讚許。小女子相信她會很高興的。」

哈爾卡拉　「別西卜小姐之前曾製作過咖咧給我們吃，想說妳應該還知道魔族其他獨特的罕見料理……請問可有什麼適合用來幫人慶祝的料理嗎？」

別西卜　「原來如此，比起尋常的慶祝方式，製作亞梓莎從沒見過的料理應該會讓她覺得很有趣才對。嗯嗯。」

一段時間後——

別西卜　「小女子有個好主意，這是一道比起咖咧不遑多讓的魔族傳統料理！」

哈爾卡拉　「懇請賜教！」

別西卜　「說起這道料理，它的名稱是源自於『lament』這個有著悲傷含意的單字。」

哈爾卡拉　「取名方式好像不太吉利耶……」

別西卜　「它就叫做拉·麵特，是一道美味到令人不禁想哭的麵類料理。」

哈爾卡拉　「叫做拉·麵特呀，光聽名字感覺挺美味呢～」

別西卜　「不過想做出一道優秀的拉·麵特需要使用各種食材來熬湯，至少得有雞骨、豬骨以及把魚晒乾製成的小魚乾。」

哈爾卡拉　「請放心，我相信萊卡小姐、小法跟小夏肯定都會願意來幫忙的！」

別西卜N（旁白）「於是乎，小女子隨著哈爾卡拉來到高原之家，將龍族少女萊卡和就算說是我女兒也不為過的法露法以及夏露夏都找過來，然後開始舉行獲取食材作戰會議。」

●第2幕

高原之家的餐廳內——

別西卜「因此需要雞骨、豬骨和小魚乾，上述材料的品質將會決定拉・麵特的味道，大家是否知道哪裡有這些食材的高檔貨？別客氣儘管說，若需前往危險地點的話，小女子會一同前往。」

哈爾卡拉「如果是雞骨的話，我聽說某森林裡的夢幻神鳥能熬出好湯頭。」

別西卜「嗯，真不愧是精靈，對森林知之甚詳。那就由小女子與哈爾卡拉一起去那裡吧。」

亞梓莎突然出現在別西卜的背後——

亞梓莎「別西卜，妳在和大家聊什麼呢？」

別西卜「這、這件事與妳無關！小女子正在製作魔族重大會議的資料！」

亞梓莎　「……重大會議的資料？這種東西讓萊卡跟哈爾卡拉看見當真沒關係嗎？身為大臣這麼做並不妥吧？難道不會違反保密條款嗎？」
別西卜　「這屬於洩密也不會被問罪的範疇內，因此毫無問題。」
亞梓莎　「那妳告訴我也沒關係吧。吶吶～快跟我說快跟我說～」
別西卜　「小女子真心誠意且毫無保留地告訴妳！唯獨妳不能知道這件事！」
亞梓莎　「聽妳這麼說反而感覺挺可疑的……難不成是在思考某種可以打倒我的必勝方法吧……？」
萊卡　「亞梓莎大人，我願意賭上紅龍族的尖角發誓絕無此事！這是既安全又能令人安心的機密！」
亞梓莎　「既然萊卡都這麼說了，那就應該是這樣吧……」
法露法　「媽咪，妳不必將此事放心上，如果在意就輸了！」
夏露夏　「沒錯沒錯，說穿了就只是不值一提的小事，如同蚯蚓的剛毛般不重要。」
亞梓莎　「法露法，妳後半段那句比喻用錯地方囉……另外蚯蚓當真有長毛嗎……？」
法露法　「媽咪，今天天氣很好，是個追逐蚱蜢的好日子！還能看見許多瓢蟲呢！所以媽媽應該出去散步！」

亞梓莎「我對昆蟲沒那麼感興趣！反倒是不太想看見昆蟲！」

夏露夏「散步有助於整理雜亂的思緒，有時甚至能讓人得出真理，相傳某位哲學家就是在散步時獲得讓他寫下曠世巨作的靈感。因此媽媽該去散步，俗話說健康始於散步，健全的家庭同樣始於散步。」

亞梓莎「瞧妳們簡直就像是散步界派來的說客，竟如此大力推薦我去散步……」

萊卡「亞梓莎，請妳務必出外走走！掃除等家事請安心交給我就好。」

亞梓莎「你們是怎麼了……？算啦，無所謂。好吧好吧，那我出去散步囉。」

亞梓莎轉身離去——

別西卜「……呼～幸好沒穿幫。那接下來是豬骨，大家可曾聽說哪裡有上等好豬嗎？」

法露法「啊、關於這件事，我們倒是知道喔！」

夏露夏「夏露夏與姊姊曾聽說過某座森林裡有夢幻神豬出沒。」

別西卜「妳們真是博學多聞呢～很棒喔～真可愛～太可愛了～好～就由小女子陪妳們一塊去～」

亞梓莎再次登場——

亞梓莎「別西卜，妳想帶我家女兒們上哪去？麻煩妳別帶她們去危險的地方喔。」

別西卜「唔喔！這種事小女子當然知道！重點是小女子比妳更寶貝她們，所以完全不成問題！小女子會貫徹始終永遠溺愛她們的！」

亞梓莎「身為母親，實在無法苟同這種偏激的做法。」

法露法「媽咪，法露法會當個乖寶寶的。」

夏露夏「夏露夏也會完全聽從別西卜小姐的指示，任何行動都會遵守紀律。」

別西卜「啊～真是太可愛了～好想收來當養女喔～而且不惜把名下所有財產都給她們繼承～」

亞梓莎「喂，不許妳這麼做喔。在沒有得到我這個母親的同意之前，我可是無比認真警告妳別付諸實行喔。」

別西卜「這種事自然是說笑的。來，妳快去散步吧，順便找間時髦的茶館在裡頭打發時間，要不然會害小女子無法完成會議資料。」

亞梓莎「這附近真有時髦的茶館嗎～」

別西卜「總之麻煩妳立刻去其他地方！假如此舉惹妳不悅的話，小女子之後會好

亞梓莎　好向妳賠罪，所以拜託妳快走開啦！」

「好啦好啦，我只是想說既然要散步，就順道把藥品送去村子，馬上就會出門了。」

亞梓莎再次離去——

萊卡　「……方才真是危險。」

別西卜　「既然還沒穿幫就不要緊。最後是小魚乾，但這屬於海產，偏偏現場沒有特別瞭解海洋的人。」

萊卡　「這件事就交給我吧！我會在短時間內查閱小魚乾的情報，並從中找出頂級小魚乾的產地！就此取得能讓亞梓莎大人吃下後讚不絕口的小魚乾！」

別西卜　「瞧妳幹勁十足到有點過火了……」

萊卡　「這也是一種修行！是獲得成長的大好機會！另外可以的話……我希望能讓亞梓莎大人品嘗到最極致的拉・麵特……若能欣賞到亞梓莎大人開心的模樣，我也會非常高興……」

別西卜　「算啦，有幹勁是好事……那就確定雞骨由哈爾卡拉負責，豬骨是法露法和夏露夏，小魚乾則交給萊卡。不過各位放心，小女子會全程陪妳們一塊去。」

亞梓莎再次現身——

亞梓莎「難道妳們在計畫去旅行嗎?那就順便說給我聽嘛~」

別西卜「不是啦!小女子求求妳別在這個時候跑來打岔!莫名有種整場會議全泡湯的感覺!反正妳快去散步!別假裝要去散步又跑回來啦!」

亞梓莎「別西卜妳今天給人的感覺不太好喔,很有昔日那種令人族聞風喪膽的魔族風範。」

別西卜「小女子才沒有以『公司內的惹人嫌同事』那種方式冒犯到妳!以長遠的角度來看,妳也同樣屬於既得利益者,所以妳什麼事都不必擔心。」

萊卡「別西卜小姐,妳正在逐步洩漏情報……請注意……」

法露法「媽咪,今天是出了名適合散步的大好日子,尤其是對職業為魔女的人來說,將會一輩子都幸福美滿喔。」

亞梓莎「還真是充滿局限性的節日耶……」

夏露夏「散步有助於適度消耗精力,除了能讓人變健康,也可以連帶提升睡眠品質,任何疑難雜症只需散步即可不藥而癒。另外散步還有助於宇宙和平。」

亞梓莎「瞧妳把散步說得宛如哪來的宗教……」

亞梓莎「總覺得事情越變越複雜，那我這次是真的確定要去散步囉～」
別西卜「強調過頭反而聽起來很假，妳少在那邊製造混亂啦！」
別西卜N「於是，小女子首先與哈爾卡拉一同去尋找夢幻神鳥。」

●第3幕

別西卜與哈爾卡拉為了取得雞骨而前往森林——

哈爾卡拉「我們到了～就是這座森林～嗚～好想吐……」
別西卜「妳怎麼才剛抵達就一副快精疲力盡的模樣……」
哈爾卡拉「因為昨天喝太多酒了。說來也奇怪，我本想只喝一杯，但最終竟喝了七杯。」
別西卜「奇怪的是妳太缺乏自制力了吧。」
哈爾卡拉「那就在這座森林裡尋找名為松斑神乎鳥的鳥吧。」
別西卜「……比起鳥，這名字莫名讓我聯想到牛。」
哈爾卡拉「另外這座森林受世人忌憚，又被叫做『也不是無法回去之森林』。」
別西卜「意思是最終依然能活著離開吧。」
哈爾卡拉「根據傳聞，只要閉上眼睛邊旋轉邊念『貝爾范特・廉雷・咚特啦・賽德

別西卜　羅比修』這句咒語五次，途中沒有念錯的話就會受詛咒。」
哈爾卡拉「觸發詛咒的條件也太嚴苛了吧！肯定不會有人中詛咒的！」
別西卜「『也不是無法回去之森林』絕非浪得虛名喔，過去曾有精靈在這裡舉辦馬拉松大賽，當時就有三成的參賽者在裡面迷路而喪失資格。」
哈爾卡拉「小女子建議把該大賽的整個主辦單位通通革職。對了，松斑神乎鳥有何特徵？」
別西卜「松斑神乎鳥的叫聲非常特殊，若是妳有聽見獨特的鳥叫聲請一定要提醒我。」
　　　「明白了，包在小女子身上。那就出發吧。」

撥開草叢的聲響——

別西卜「唔！」
哈爾卡拉「妳怎麼了？」
別西卜「前方傳來『噗嘿嘿，噗嘿嘿嘿……』這種噁心的叫聲，難不成那就是我們要抓的鳥!?」
哈爾卡拉「啊～那叫做噁心鳥，屬於不同品種。」
別西卜「叫聲聽起來是很噁心，結果卻因此被取了這麼糟糕的名字啊……」

哈爾卡拉　「聽說牠的肝經過燒烤後是極品美食喔～」

別西卜　「原來牠不叫做噁心鳥，而是名叫肝鳥（註1）啊！」

撥開草叢的聲響——

別西卜　「嗯？又有奇怪的叫聲了！」

哈爾卡拉　「這次聽起來是怎樣的呢？」

別西卜　「是『呀哈——！呀哈——！』，這次總該是松斑神乎鳥了吧!?」

哈爾卡拉　「啊～那是三流雜碎鳥。」

別西卜　「命名者是在心情很糟的時候想出這個名字吧！」

哈爾卡拉　「因為這鳥的味道只有三流水準，所以不適合拿來當成食材喔～」

別西卜　「這森林怎麼都棲息著一些奇怪的鳥……唔！這應該是截至目前最獨特的叫聲了！」

哈爾卡拉　「是怎樣的叫聲呢？」

別西卜　「牠發出『哥哥～哥哥～』的叫聲！」

哈爾卡拉　「啊～那是妹鳥。」

註1 在日文中，噁心與肝的發音非常相似。

別西卜　「這樣的話也能取名為弟鳥吧！為啥要局限是妹妹!?」
哈爾卡拉　「由於想要有妹妹的男性會高價收購這種鳥，因此才取了這個名字。」
別西卜　「這些男性已經跨過不該超越的底線囉！」
哈爾卡拉　「相傳他們會把這種鳥當成起床的鬧鐘。」
別西卜　「夭壽咧！小女子一點都不想瞭解那些人把鳥買去要幹麼！」

隱約傳來牛的叫聲——

別西卜　「奇怪，有牛棲息在這座森林裡嗎？」
哈爾卡拉　「有了！這肯定是松斑神乎鳥發出的叫聲！」
別西卜　「既然是與牛如此相似的叫聲，妳打從一開始就可以解釋清楚啊！」
哈爾卡拉　「聲音是從這裡傳來的！前方應該有咪澤・金江鳥！」
別西卜　「名稱也差太多了吧——！妳剛剛說的不是松斑神乎鳥嗎!?咪澤・金江鳥是啥!?光聽名字就截然不同喔！」
哈爾卡拉　「安啦，這兩種鳥都是高級食材。另外只要介紹說這是高檔鳥肉，顧客都會立刻欣然接受，完全嘗不出其中的差別。」
別西卜　「妳這段發言莫名帶刺喔……話說牛叫聲越來越清晰，肯定就在附近了！」

聽似咪澤・金江鳥的叫聲——

哈爾卡拉　「等我數到三，我們就一起衝上去抓鳥！」

別西卜　「真要說來，那隻鳥正朝著妳接近喔。」

哈爾卡拉　「咦？嗚哇哇！牠怎麼會跑過來！別啄我！別啄我啦！好耶！抓到了！我抓到牠了！」

別西卜　「呃～妳只不過是被牠稍微啄幾下……捕捉上並沒有什麼難度，不過妳做得很好！」

哈爾卡拉　「好痛！好痛！牠的鳥喙好尖銳！」

別西卜　「妳也被啄過頭了吧……」

哈爾卡拉　「啊…………糟糕…………」

別西卜　「怎麼了!?出什麼狀況了嗎!?」

哈爾卡拉　「別西卜小姐……我有個遺憾的消息必須告訴妳。」

別西卜　「嗯，妳說吧……」

哈爾卡拉　「這是名為昨賀鳥的另一種高檔鳥。」

別西卜　「只要是高檔鳥肉就行了啦！」

別西卜N　「在這之後，小女子隨著法露法和夏露夏一起去獵豬，原因是製作拉・麵

特需要優質豬骨……不過即使一無所獲，只要能跟她們一同出遊，小女子就心滿意足了。」

●第4幕

別西卜、法露法與夏露夏為了取得豬肉而前往森林——

法露法「嗯，肯定就在這附近！我們抵達目的地了～！」

夏露夏「這裡真是清幽靜謐，是最適合賢者隱居的風水寶地。」

別西卜「此處的確非常偏僻，妳們兩個牽好小女子的手，切勿離開小女子身邊。」

法露法「嗯，人家知道了，別西卜小姐。」

夏露夏「請妳多多指教，別西卜小姐。」

別西卜「噗嘿嘿嘿……妳們可以直呼小女子為媽媽喔？小女子對此是完全不介意。另外如果有什麼想要的東西，小女子都可以買給妳們喔，噗嘿嘿嘿……」

夏露夏「別西卜小姐的笑聲好像肝鳥呢。」

別西卜「原來這種鳥頗出名呀……」

法露法「說起這片森林呀～有著狸貓會透過魔法幻化成人的傳說喔～」

夏露夏「其實世界各地都有著狸貓與狐狸使用幻術捉弄人的民間傳說，其中又以這片森林最常發生。」

別西卜「儘管如小女子這般偉大的魔族是絕無可能上當，但還是小心為上。」

法露法「啊！真厲害，這真是太厲害了～！」

夏露夏「著實是驚天動地。」

別西卜「妳們發現了什麼嗎？」

夏露夏「人家萬萬沒想到森林裡居然存在著這種以餅乾組成的糖果屋。」

別西卜「那肯定是狸貓變的！」

法露法「耶～！快點快點！可以盡情吃餅乾呢～！上頭還有馬卡龍～！就連巧克力也有呢～！」

夏露夏「有時即便明知是騙局也非去不可。」

別西卜「啊、妳們兩個快停下來！隨意接近很危險！」

法露法「咦，仔細觀察那棟糖果屋……」

夏露夏「就只是以落葉和泥土組成，乍看之下很像是餅乾等點心罷了……」

別西卜「這種捉弄人的方式也太奇怪了吧!?所謂的狸貓不就是會透過幻覺來騙人嗎？眼前這東西根本是付出大量心血完成的傑作吧！」

浮文字
持續狩獵史萊姆三百年，不知不覺就練到LV MAX 14
（原名：スライム倒して300年、知らないうちにレベルMAXになってました 14）

著　　者／森田季節　繪　　者／紅緒　譯　　者／御門幻流
執 行 長／陳君平　美術總監／沙雲佩　國際版權／黃令歡、高子甯
榮譽發行人／黃鎮隆　美術編輯／陳聖義　內文排版／謝青秀
協　　理／洪琇菁　執行編輯／石書豪
總 編 輯／呂尚燁　文字校對／施亞蒨

出　　版／城邦文化事業股份有限公司 尖端出版
台北市中山區民生東路二段一四一號十樓
電話：（〇二）二五〇〇－七六〇〇
傳真：（〇二）二五〇〇－二六八三
E-mail: 7novels@mail2.spp.com.tw

發　　行／英屬蓋曼群島商家庭傳媒股份有限公司城邦分公司 尖端出版
台北市中山區民生東路二段一四一號十樓
電話：（〇二）二五〇〇－七六〇〇（代表號）
傳真：（〇二）二五〇〇－一九七九

中彰投以北經銷／楨彥有限公司（含宜花東）
電話：（〇二）八九一九－三三六九
傳真：（〇二）八九一四－五五二四

雲嘉以南／智豐圖書有限公司
（嘉義公司）電話：（〇五）二三三－三八五二
傳真：（〇五）二三三－三八六三
（高雄公司）電話：（〇七）三七三－〇〇七九
傳真：（〇七）三七三－〇〇八七

香港經銷／一代匯集
香港九龍旺角塘尾道六十四號龍駒企業大廈十樓 B&D 室
電話：（八五二）二七八三－八一〇二
傳真：（八五二）二五八二－一五二九

新馬經銷／城邦（馬新）出版集團 Cite（M）Sdn. Bhd.
E-mail: cite@cite.com.my

法律顧問／王子文律師　元禾法律事務所
台北市羅斯福路三段三十七號十五樓

二〇二三年十一月一版一刷

■中文版■

郵購注意事項：
1.填妥劃撥單資料：帳號：50003021戶名：英屬蓋曼群島商家庭傳媒(股)公司城邦分公司。2.通信欄內註明訂購書名與冊數。3.劃撥金額低於500元，請加附掛號郵資50元。如劃撥日起 10～14日，仍未收到書時，請洽劃撥組。劃撥專線TEL：(03)312-4212 ・ FAX：(03)322-4621。E-mail：marketing@spp.com.tw

國家圖書館出版品預行編目資料

持續狩獵史萊姆三百年，不知不覺就練到 LV MAX
/ 森田季節作；御門幻流譯. -- 一版. -- 臺北市：城邦文化事業股份有限公司尖端出版：英屬蓋曼群島商家庭傳媒股份有限公司城邦分公司尖端出版發行，2023.11-
冊；　公分
譯自：**スライム倒して 300 年、知らないうちにレベル MAX になってました**
ISBN 978-626-377-194-9（第 14 冊：平裝）

861.57　　112015679